Luc Biichlé

AF137503

Mots et maux

Part I

Lettre à un inconnu (ou tentative d'introduction)

Laisse-moi te dire, futur lecteur, et tu vois, je présuppose déjà ton existence, que je ne sais ni les motivations de mon acte d'écriture ni l'identité qui éventuellement sera tienne... ni même d'ailleurs si tout cela est vraiment destiné à être lu... Bref, ça commence par beaucoup de confusion et ça risque de continuer... Sache d'abord, qu'à l'époque qui vit naître ce griffouillage, la vacuité était ma terrible maîtresse et que ses chaînes légères et redoutables entravaient tout mon être, esclave que j'étais d'un ciel infesté de myriades d'angoisses où ne brillait que le soleil de mon propre nombrilisme... Pourtant, il y a tellement de beau dans la vie... même si l'appréhender en chouette ou moche n'a aucun sens... D'ailleurs, est-il nécessaire que tout cela ait un sens ? Mais l'homme en a besoin, c'est peut-être

1

bien une des racines de l'humanité, chercher le sens… et y'en a qui cherchent tellement qu'y trouvent… enfin, y croient savoir… alors y deviennent tellement arrogant qu'y voudraient absolument que les autres aussi y trouvent… mais des fois, les autres y-z-ont trouvé autre chose… alors on s'tape sur la gueule… Au nom de dieu, au nom d'une doctrine, d'un idéal, au nom de ma vérité ! Tue ! Vole ! Massacre ! Et là, tu vois que le chemin de cette foutue humanité est vachement long, on en serait qu'au début que ça m'étonnerait même pas… la marche de l'escargot asthmatique en terrain accidenté un soir de biture ! Á se demander même si on se trompe pas de sens des fois… Bon, je m'emballe, bref, j'étais bel et bien paumé, incapable de prendre la moindre décision… enfin presque… et les occasionnelles envolées oniriques que me procurait la pâte qui rend nigaud n'arrangeaient que rarement l'affaire. Il m'eût fallu, pour me sortir de ce bourbier existentiel, canaliser cette énergie affective qui tantôt excédait et parfois manquait si durement, une femme ! des gosses bordel ! Savoir qu'enfin, on est un vrai maillon, qu'on est raccordé devant aussi ! Alors écrire… oui… pourquoi pas ?

Lettre à miss XX : qui es-tu miss XX ?

Qui es-tu miss XX ? réelle ou imaginaire ? être protéiforme à souhait, née des méandres de gamberges oniriques ou, plus simplement, fruit d'une rencontre belle, d'échanges enivrants, de l'espoir placé dans ces instants que l'on voudrait si fort embryon d'idéal ? Un peu des deux je crois… une timide accointance entre le phantasme et le monde, acoquinés pour la circonstance et, néanmoins, à l'échelle insignifiante de l'ego, source de bien des tumultes…

Lettre à miss XX : choix du mode épistolaire

Va donc pour l'écriture, surtout que la tienne est délicieuse, qualité que je prise fort chez une femme, quelle patte ! Diantre, pareille écriture en ferait pâlir plus d'un… à commencer par moi… et que nenni, belle dame, je ne suis point lassé et encore moins

5

barbé, je suis frustré ! D'autant que les piètres aventures d'un certain homme que je vais évoquer, si toutefois tu le permets, m'apparaissent infiniment moins trépidantes ! Là j'ai trou... ou plutôt j'hésite... par où commencer entre ces passions qui ont animé ma vie... peut être par celle de cet ado tranquille, enfin énergique mais sans histoire, qui rencontre un univers jusqu'alors inconnu ! Patatrac ! le rock&n roll venait de prendre possession de lui ! Une furieuse passion qui allait métamorphoser sa vie, éloignant dieu, famille, avenir bien paisible, mais qui allait également, à vingt ans à peine passés, lui procurer un métier, des expériences fabuleuses, la scène, les studios... les groupies... bref, un tournant décisif, surtout que celui-ci s'accompagna de la rencontre de celle qui allait partager 12 années tumultueuses de sa vie... Puis, vint le temps des douleurs, de la séparation... et puis cette fuite... loin loin... Madagascar ! Et là, le choc, le mythe qui enfin prend corps, l'Afrique ! L'Afrique ! Alors ce furent les disques, le Sénégal, le Mali, ah ! ce périple à Tombouctou en pinasse ! (je pige mieux René Caillé) le Burkina et tout et tout... jusqu'à ce moment de doute... le bac, pas suffisant pour se reconvertir lorsqu'on est plus en adéquation avec ce que l'on fait, alors retour à la fac mon pote, bosse bosse ! DEUG, licence, et tout... et puis, allez, soyons fou, tentons le doctorat, et voilà que le bougre se retrouve docteur, cette année précisément ! Bon, je pense que cette litanie insipide a réussi à t'endormir... enfin, si tel n'est pas le cas, sache encore qu'il est rare de rencontrer autant de finesse, de grâce, de sensibilité... et je pourrais multiplier les épithètes ! Je suis plus que jamais sous ton redoutable charme... Oui, je parle de redoutable charme parce qu'il est exceptionnel de lire si fine prose, de si bien malaxer les mots pour en exprimer joies et douleurs, de dire autant sans sombrer dans le pathos... vraiment, quel talent ! J'attends, légèrement fébrile et impatient, de me laisser à nouveau emporter par les mouvements gracieux de ta plume…

Lettre à miss XX : au bout de l'hameçon

Sont-ce les projections, idéalisations ou phantasmes inhérents à toute rencontre... je ne sais trop mais j'ai le sentiment diffus d'avoir établi une certaine complicité avec toi ou, du moins, de trouver en toi la plupart de ces "éléments" qui me semblent si nécessaires à toute relation "forte" (hum hum) entre deux êtres... Ton éclectisme, ta culture, ta gaieté, ta sensibilité (je pourrais continuer...) sont pour moi autant de sources d'attirance et je dois parfois lutter pour ne pas me laisser emporter par le flot rageur de mon romantisme effréné, par le tumulte entêtant de ma quête d'Amour, d'aimer... de vie... Bref, voilà que je me surprends, adolescent timide et boutonneux (pour les besoins de l'allégorie), à attendre fébrile et plein d'espoir chacun des ces contacts devenus quasiment quotidiens avec toi... mais, pire encore (hé si, c'est possible!), cette soif de te connaître ne se dément pas, elle demeure insatiable et croît au fil des jours...

Lettre à miss XX : peur des sirènes

J'ai toujours l'impression que la vie, dans toutes ses formes, relève d'équilibres et que les relations humaines, tout particulièrement celles qui concernent l'amour, sont question d'accords sur le dosage ainsi que sur l'objet vers lequel on tend... Et oui, en dépit de mon humanisme de gauche anarchisant, force m'est de constater que je suis un incorrigible romantique et qu'une vie sans Amour (note le big « A »), c'est comme le pain sans sel, la coquille sans l'œuf, la forme sans le fond... Bien sûr, laisser parler ses élans peut être risqué, encore plus sûr qu'aucun succès n'est garanti par avance, pas moins sûr que le simple fait de vivre ne soit déjà un risque considérable ! Mais que diable, s'agit-il d'un contrat d'assurance, d'un acte de vente ? Point du tout ! Alors, sans vergogne, je repousse au loin ces voix insidieuses et me laisse envahir par la puissance de nos échanges... par toute cette magie d'une rencontre où l'on se découvre d'une communauté de pensée, d'une communauté de volonté, d'une communauté de désirs... Au diable pensées frileuses ! je m'engouffre à corps perdu dans cet univers que tes doigts habiles dessinent, je bois avide, jusqu'à la lie, le calice que la vie me tend !

Lettre à miss XX : pas de confusion du sentiment

Je me trouve bien affligé de la grande banalité des mes précédents propos aussi, toute belle, vais-je m'essayer à remédier à cela... Il me semble fort avoir perçu, à travers la finesse de vos propos (le vouvoiement est de retour), le désir profond et justifié de ce que vous qualifiez d'éventuel idéal, voire d'utopie, et que je n'hésiterai pas, au risque de me méprendre, à appeler l'Amour (hé oui, avec une majuscule !)... La description que vous en faites est admirable et sachez que je partage pleinement le désir d'accéder à cet état merveilleux auquel je persiste à croire (peut-être est-ce grande naïveté de ma part) en dépit des aléas de la vie... d'ailleurs, que reste-t-il de la vie lorsque l'Amour en est absent... une sensation de vide... l'insipidité d'un quotidien centré sur soi... le manque insupportable de partage... beaucoup de vide... du moins en ce qui me concerne... Á votre instar, je désire ardemment mêler mon petit monde à celui de l'autre afin de donner naissance à un autre univers, plus grand, plus riche, plus beau, plus fou... Peut-être vais-je passer, à vos yeux malicieux, pour un rêveur ou un incorrigible romantique mais après tout, est-ce un défaut que de rêver, d'espérer, de croire en l'infini beauté de l'avenir ?

Impatient de vous lire !

Lettre à miss XX : doute

Déjà deux longues journées sans nouvelles de vous, belle et douce amie, et voila que je me surprends, « petit poucet rêveur » eût dit Rimbaud, à laisser la mélancolie envahir mon univers et à redouter quelque triste coup du sort... Mais la raison, cette foutue raison si nécessaire parfois, me ramène inéluctablement à des sentiments plus raisonnables (comme si le sentiment pouvait l'être!) et me chuchote d'une voix perfide que vous vaquez sans doute à d'autres tâches plus cruciales m'abandonnant amer aux affres du temps... Bon, bon, miss XX jolie, j'exagère sans aucun doute mais que veux-tu, il est des moments où, à travers des bouffées romantiques, s'expriment véhéments le trouble, l'intérêt, le désir et tant d'autres choses encore... Je me sens tiraillé entre Dickens et Kafka, entre Les Grandes Espérances et La Muraille de Chine ; tout semble si simple et évident, je vais sous le ciel, Muse, mais suis-je ton féal? (mon impatience est à son comble.... tout comme mon trouble!) Ce soir, le scintillement de la lune sur les montagnes enneigées se mêle au tourbillon lumineux des étoiles en un fougueux ballet qui agite le ciel glacé ; j'aurais aimé, ne serait-ce qu'un fugace et sublime instant, m'abîmer dans cette contemplation au côté de l'être fascinant et gracieux qu'il me semble, de jour en jour, découvrir en toi...

Lettre à miss XX : éloge du corps

J'aime la forme délicate de ton visage, ces lèvres finement dessinées, charnues à souhait, un véritable appel aux baisers les plus fous ! J'adore ces yeux vifs, pétillants et malicieux qui scintillent dans l'écrin somptueux de ce visage aimé, surtout lorsqu'ils paraissent, translucides, s'égarer dans le lointain ! Et que dire de ce petit nez enjoué qui semble se plisser légèrement comme pour danser à l'aube de chaque sourire ? Je craque !!!!!!!!!!!!!! Et je ne te parle même pas du cataclysme que provoque la vue de ce corps divin !!!! La perfection faite femme ! Que de grâce dans ce subtil équilibre des formes, l'invite irrésistible d'un cou gracile, cette ombre légère qui orne ta clavicule, la mélopée rieuse de la courbe d'un sein ! la finesse hautaine de ta taille surplombant la majesté de tes hanches infinies de volupté ! et ces interminables jambes, muses pléthoriques de sensualité animale ! J'arrête ! C'est trop ! pardonne-moi, douce miss XX, de me laisser aller ainsi à cette observation ostentatoire mais l'émotion est grande…. et le phantasme guette, hé oui, que veux-tu, je ne suis qu'un homme…

Lettre à miss XX : incartade nocturne

J'ai tracé, avec la pointe de mes doigts, mille signes sur ton corps, j'ai laissé mes lèvres parcourir inlassables tes courbes et replis, ma peau s'imprégner de la chaleur de la tienne, les fragrances subtiles de ton être m'enivrer, mon âme toute entière s'emplir de toi… tu as frémis, un soupir léger,

Morphée paraît perdre son emprise… ne pas t'éveiller… mais cette raideur au bas de mon ventre qui me susurre « va »… puissance du désir… encore un frémissement… ma tête qui plonge dans la touffeur de la couette, s'égard sur ton ventre… tes yeux toujours clos mais ta respiration qui s'accélère… mes lèvres qui picorent la racine de la cuisse… le mouvement léger d'une jambe qui semble consentir… un menton qui frôle ton aines… la pointe de ma langue… tes autres lèvres… déjà humides…

Lettre à miss XX : tentative de réconciliation

Amertume profonde, attirance irraisonnée, arrière-goût de fiel, danse haletante du cœur, tumulte sanglant de l'âme, séduction brutale, infinie joie de se sentir aimant, insondable dépit, sentiment de rage et d'impuissance, je pourrais ainsi multiplier les circonlocutions sans jamais arriver à exprimer cet étrange ressenti qui accapare tout mon être ! Peut-être est-ce d'ailleurs précisément dans de tels instants que la faculté de produire des larmes est salvatrice... Comme tu le sais, je ne crois guère au destin et encore moins au caractère inéluctable de certaines choses... Oui miss XX ! j'ai encore cette immense naïveté de croire qu'avec des convictions on remporte des combats, qu'à force de volonté on arrive à se comprendre, que les univers rigoureusement imperméables sont rares, à plus forte raison lorsque deux êtres, en dépit du poids ravageur du passé, éprouve cette attirance féerique et exceptionnelle ! Bâtir un édifice n'est jamais chose aisée mais la chose devient très improbable lorsqu'au premier obstacle on (impersonnel, j'insiste !) se replie sur des peurs, des amalgames, des principes faussement salvateurs et ce, même si je conçois aisément la puissance des barrières, résurgences inéluctables du passé... Bref, l'arbrisseau chétif du télescopage éphémère des représentations me paraît ridiculement masquer les prometteuses délices d'une forêt vaste, riche et potentiellement si fertile ! Que sont les quelques microns qui nous séparent si bien en regard de tout ce qui nous unit ? rien ! néant ! insondable vacuité ! juste la maudite matérialisation de nos angoisses et doutes qui, paradoxalement, semble à même de nous désunir avec tant de facilité… Mais l'Amour, la construction d'une vie commune, d'un univers partagé, le don de vie, ne devraient-ils pas transcender impérieux le menu différent d'un piètre instant ? Ma conviction profonde est que oui et, je me sens de taille, de force et de courage pour entreprendre la fabuleuse ascension du mont Amour ! même si je sais pertinemment que ma seule volonté, toute puissante soit-elle, ne saurait suffire… la tienne est sine qua non !

Lettre à miss XX : échec de la réconciliation

Je la trouve parfois méchamment injuste cette vie qui te donne et te reprend impunément, comme ça ! en un claquement de doigt ! paf ! un instant tu entrevois la splendeur d'un univers et l'instant suivant, un abysse de tristesse... c'est à la fois drôle et cruel... un peu comme la vie et la mort... mais peut-on vraiment les dissocier ? Je ne suis pas doué, parfois, pour exprimer mes tumultes internes mais sache, même si cela peut te paraître bien soudain, que tu as fait trembler la bêêêête ! J'ai vécu et savouré chacun des instants, j'ai perdu mon regard dans le moindre de tes charmes... une cicatrice, un poil, tes lèvres, ton regard et tes regards, tes seins... j'ai bu avec autant d'avidité les paroles que me susurrait parfois cette voix devenue tout d'un coup si douce... et même, quand replié sur moi, prostré dans mon âme, mon attention s'égarait, ton visage parlait à mes yeux de si douce manière que la vie me semblait devenue toute légère... Alors, bien fou celui qui prétendrait, en si peu de temps, parler d'Amour... mais après tout, est-ce être fou que de vouloir le mieux pour cette vie, d'espérer sans répit celle avec laquelle refaire cent fois le monde, celle avec laquelle tout est possible, bref, Elle !

Lettre à miss XX : ainsi meurt ma belle histoire

Fini, rien d'autre à dire… imparable efficacité du laconisme ; des terres fertiles et prometteuses d'Eden ne subsiste que cette vieille latérite craquelée, fendillée comme une peau de douleur, stérile étendue où horizon et désolation s'unissent en volutes fornicatrices… merde !

Les concerts : épisode 1

(Putains c'que j'aurais aimé avoir la main de Giono ! même qu'une poignée de secondes…)

Grenoble, c'est un autre univers, c'est une jolie ville (un peu chauvin ça…) enserrée dans son écrin de montagnes qui, de leurs bienveillants regards, éclairent le quotidien et t'écrasent parfois de la magnificence de la nature… En ce moment, nos belles éminences se perdent dans ces abîmes nuageux qui les rendent si austères même si chaque parcelle de vie n'en est pas moins éclatante... les désirs du vacancier et les exigences de la nature sont parfois bien contradictoires... Mais bon, y'a plus d'saison mon brave monsieur ! Et c'est vrai que ça fait une paie que j'ai pas vu un hanneton, je sais même pas si ça existe encore… en tous cas, ma petite nièce adorée, elle en a entendu parler mais elle en a jamais vu… C'est comme l'automne, le vent doux et chaud qui dépoile les tilleuls, la mélancolie de cette douce grisaille, les feuilles qu'on dit mortes

21

mais qui changent encore de couleur au fil des jours, vert, jaune, marron, la fin est proche. La litanie des platanes de moins en moins orgueilleux, qui bordent le cours Jean Jaurès (un mec bien çui-là), n'en finit plus de pleurer sa splendeur passée pendant que la Bastille se pare des couleurs fauves qui annoncent l'hiver. De toute façon, saison ou pas, moi je bosse la nuit alors ça me touche moins, quoique jouer en plein air, c'est sympa aussi…

Le gros Philippes est là, jovial et rock&roll, ceinture cloutée et santiags, mais business quand même, c'est lui le patron du caf'conc'. Y me propose une bière d'ouverture histoire de me mettre en condition pendant que j'monte mon matos ; pas con l'bonhomme, il a bien compris que quand ch'uis un peu allumé la guitare s'enflamme, que j'vais me péter la voix et faire ronfler sa caisse, ding quatre demis, ding un sky et deux coupettes, ding de la fraîche, du pognon, du flouss ! Tiens, voila mon pote le Juan, un peu à la bourre mais c'est rare. Lui, c'est un cracos du synthé, le Stendhal du son, le Van Gogh de l'harmonie, un vrai artiste, tout traumatisé en dedans mais, quand y joue, y fait pas semblant : du feeling à l'état brut que j'vous dis ! Et moi, j'ai plus qu'à me caler sur ses notes, bien peinard, et à balancer tout mon tumulte dans les haut-parleurs. C'est aussi et surtout ça la musique, donner des trucs aux autres, leur en donner un max ! Faut vous dire qu'on est connus comme le loup blanc dans le coin mon pote et moi ! Trois ou quatre soirs par semaine qu'on joue dans le quartier ! alors t'imagines bien qu'on a la cote, hein ? Et les gonzesses, j'te dis pas... c'est comme ça la musique aussi... Enfin, y'a pas que du positif pasqu'on picole pas mal et que des fois, l'ambiance est chaude, très chaude, trop chaude...et les bastons, ça prend la tête à force, t'as toujours peur qu'un mec bourré se casse la gueule sur ton matos, et c'est vachement cher le matos... Mais bon, quand on est dans la zique, on pense plus à rien, ch'ais pas comment te dire ça, le monde se condense en instants éthérés (oui, je sais, antinomique mais…), tu penses plus à ta douleur, à tes angoisses, à ta meuf ou à celle dont tu rêves, à tous ces trucs qui te brûlent la peau et l'âme, non ! tu joues, tout simplement, tu joues, t'as l'impression d'un geste génétique, d'une chose naturelle… Et en plus, avec mon Juan, on se gène pas pour improviser en public, j'te dirais même qu'on adore ça, et pas besoin de se parler, paf ! on enchaîne les plans, les changements de tona, les chorus ! et ça l'fait ! les mecs en bas y-z-en restent babas ! y-z-en prennent plein la vue et les oreilles ! Mais bon, le Juan, c'est un peu comme un petit frère… même si ça lui plait pas toujours… Bref, en un mot comme en cent, on est musicos !

Fin de concert…épisode 2

La lumière arlequinesque des projos m'éblouit
doucement, l'esprit noyé dans le tourbillon rassurant
des notes, l'âme embrumée d'alcool, je distingue en
face, dans la pénombre, un charmant minois, des
yeux dans lesquels je vais plonger toute ma vacuité,
histoire de croire encore à mon absolue séduction…
tant que ça marche… pourquoi pas… Le minois
ravissant se demande, lui, s'il est bien l'objet de tant
d'attention et pourquoi le regard est si ostentatoire…
« Suis-je si fascinante, est-ce bien moi qu'il regarde
si fixement », les autres perçoivent-ils cet invisible
et combien artificiel lien que le musicos s'efforce
de… « Tiens, le voilà qui baisse la tête, quel agité
çui-là, peut pas s'empêcher de se dandiner, le v'là
qui joue avec les dents maintenant, tout pour
s'rendre intéressant, quoique, il est pas mal quand
même, enfin, un peu mince, mais bon, il a de

l'énergie… pis tout le monde le matte… merde, y joue pas mal ce con ! »

Pas mal la meuf, que j'me dis en attaquant l'intro de Hey Joe, quoique, ça va être comme d'hab, elle va me demander si ça fait longtemps que je joue, me dire que ce que je fais c'est cool… et j'vais répondre, c'est normal, c'est mon job… pis quand je lui demanderai si elle aime Maupassant, elle me dira « oui, mais j'ai un peu oublié… » Merde c'est la fin du morceau… Ré Laaaaaaaa Miiiiiiiiiiiiiiiii (majeur9+)… un p'tit larsen, je jette la gratte en l'air, je la rattrappe, oh ! c'est cher ces p'tites bêtes là… Bon, j'vais la voir ou pas, j'attends la fin des battements de mains, je fais un sourire, mon numéro 75b, celui-là y marche toujours et bonsoir à tous et bla bla bla ! « Tiens » se dit la charmante, objet des regards perdus « v'la qu'y vient m'voir, y doute de rien, si y crois que… salut, oui, assieds-toi ! » Et là, tu vois, je repense à cette putain d'obsession de chaque instant, cracher ce foutu jus, du sirop de corps d'homme comme dirait mon pote Pat... c'est p'têt ça la vie, l'instinct de vie, la résurgence animale de celui qui se pense Homme... Me fait chier en tout cas, surtout quand j'ai rien à me foutre sous la dent... putain, et après on te traite de salaud mais merde, ça pousse fort les hormones et pis toutes ces gonzesses... elles aussi elles ont du désir... quoique je préférerais qu'elles en aient que pour moi, encore un truc de bête ça... le frangin dirait que c'est le truc du dominant, l'histoire de la meute... putain, et j'arrête pas de dire putain, mais je tourne en rond... le cul, toujours le cul... pourtant je m'intéresse à d'autres choses, les bouquins tiens, mon pote Balzac... l'autre barjot de Céline, même l'histoire ça me branche... mais le cul... Enfin, quand j'dis le cul, je crois bien que y'a aussi un peu l'amour... alors tiens, en voila encore un de truc de tordu ! C'est toujours le bordel, dès que t'es in love, et déjà faut pas confondre avec quand t'as envie de niquer (ça me fait penser à Zweig) ben tu commences à souffrir, t'as la trouille de la perdre, qu'elle te trompe, qu'elle foute en l'air cette petite mosaïque de contradictions que t'as réussi pour une fois et tant bien que mal à faire coller ! Mais tu vois, et là je commence à puer le lieu commun à plein nez, pas de vie sans mort, pas d'amour sans souffrance ! C'est comme ça, ça se négocie pas ! tu signes et t'acceptes le pack ou tu dégages ! Et comme pour moi la vie sans amour c'est un peu comme le cassoulet sans fayot, t'imagines facile que j'voudrais signer plus souvent... ouais, si si, on te saoule avec le manque d'amour mais le manque d'aimer ça tue aussi... je me demande des fois si c'est pas même pire... en plus tu passes pour le gros salaud de service alors que t'y peux pas grand chose, t'aimes pas ! c'est tout ! alors tu changes de fleur et là : paf ! le gros jugement moral débile te tombe sur le coin d'la gueule : « quel connard ce mec, quel salaud ! » mais toi t'y peux rien, t'aimes pas, voilà... c'est tout ! En plus, c'est marrant, c'est très sexué la morale comme mécanisme social, si t'es un mec, tu vas être un tombeur mais si t'es une meuf, alors là, j'te dis pas ce que tu vas prendre dans la tronche ! « Quelle pétasse, la salope, garage à bite ! », et je te jure, ch'uis light…Enfin, si je peux bien concevoir l'utilité sociale d'une forme de morale, je vomis l'hypocrisie terrible qui se tapit presque toujours derrière… il avait bien raison JC avec sa première pierre ! JC, c'est pas Jean-Christophe !!! mort de rire, trop nul ! Tain mais c'est vrai quoi ! t'as toujours un cul béni qui vient te prendre la tête avec sa moral à 30 balles mais cet enfoiré, si y peut te niquer à la première occase, il le fait le fumier ! L'autre y se la ramène avec ses idéaux pourris, des trucs bien formatés du style « le capitalisme représente une progression sociale sans équivalent dans l'histoire de l'humanité, c'est le libre échange qui fait progresser le monde pour le bien de tous » et là, je pète un câble ! Connard va, qu'est-ce tu connais de l'histoire du monde toi gros vilain ???

c'est pas que j'en connaisse beaucoup plus mais je te vois bien avec ta pimbêche toute glauque et pas baisable à la sortie de la messe en train de faire l'aumône à un sale pauvre hein, pasque c'est toujours sale et con un pauvre hein ? s'il en est là c'est pasqu'il est pas malin, qu'y pense qu'à baiser et à boire ! mais tu connais pas Malthus bien sûr ducon ! Alors tu jouis de ta charité pourrie hein ? ça te met en paix avec ta conscience embryonnaire d'égoïste moyen ! les riches y sont gentils bien sûr pas vrai ? regarde un peu comme y s'occupent bien des sales pauvres ! Putain, pour un peu tu me ferais verser une larmounette ! Par contre, dès que t'es un peu touché par la vie, tu vois, juste un truc un peu pourri du style cancer, chômage ou bonne jette par une meuf, alors là tu pleures ta mère hein mon con, t'en veux au monde entier hein ? tu trouves ça pas juste, tu veux que la société t'aide, tu les aimes tout d'un coup les allocs hein mou d'la bite ? pis la sécu, tu t'branles devant tout d'un coup ! alors qu'avant, tu crachais dessus comme un empafé ! on paie trop de charges, les Chinois vont nous rafler tous les marchés, et toutes ces conneries ! Mais putain, t'aurais pas pu penser avant que de faire la guerre ça coûte plus cher que de partager ? hein ? Bon, allez, j'me calme pasqu'y faut encore que je plie mon matos, que l'autre y me paie, que j'mette tout ce bordel dans ma caisse pourrie... pis après, faudra faire gaffe aux keufs pasque ceux-là, avec mon joli grammage, si y me chmittent, j'vais m'en prendre plein la tronche pour pas un rond ! La route... lente... sinueuse et calme, un petit vent aigrelet qui grise et dégrise... des senteurs de Provence... du thym, de la lavande... l'odeur un peu forte du chêne et cette chouette rondelle brillante qui fait valser les ombres... cool, seul au monde et un tantinet mélancolique... « petit poucet rêveur » aurait encore dit l'Arthur... dans trois heures je serai à Grenoble.

L'Afrique et le fric

Je n'aime pas les fusils !

Afrique qui n'en finit pas de saigner mais demeure si envoûtante… Au cours de ces voyages légers et solitaires, sans but ni destination précise, je n'ai guère croisé de grand fauve ni d'hôtel mais j'ai connu le bonheur simple de partager les joies et l'âpreté du quotidien des personnes, les méandres de la grande famille africaine, les rires qui fusent et les pleurs qui suivent, l'amertume de l'universalité du racisme et de la bêtise contre la profonde humanité, le riz encore du riz, toujours du riz, dur pour le p'tit nassara ! Je savais même pas qu'on pouvait faire une overdose avec… en tous cas, ça les fait bien marrer les Africaines, des gentils rires pas trop moqueurs alors que mon œil se perd dans l'échancrure d'une jolie robe en basin… des seins… tout plein de jolis seins… Et cette foutue culpabilité de se trouver démesurément riche alors qu'en Europe on ne

représente quasiment rien… enfin en terme de fric !
La preuve par la vie, ou par la mort, que l'évolution
de l'humanité peut pas se passer de la démocratie,
que la gangrène capitaliste s'insinue dans les
moindres recoins du monde ! un p'tit cachet de
nivaquine, autant dire rien pour toi et voilà que tu
sauves une vie ! un sac de riz et paf, la famille
mangera le mois durant ! que de pouvoir tout d'un
coup pour celui qui, en France, est à peine plus que
smicar ! Les puces et les moustiques se sont maintes
fois délectés de mon corps mais ce n'est qu'un
infime retour de cette vampirisation absolue
qu'exercent certains puissants sur le continent des
baobabs ! Bon, j'arrête, je commence à devenir
cynique…

Je n'aime pas les fusils !

Les diesels puants de la vieille pinasse paresseuse
mêlent leur fumée à celle des braseros pour le riz,
encore le riz ! Au milieu de cette barcasse, les deux

mecs écopent sans arrêt, à la main, nuit et jour, et moi j'ai mal aux membres parce que les sacs de ciment sont pas confortables, pis ch'uis constipé à mort, le riz, encore le riz ! Et là, au détour d'une courbe majestueuse du Niger, la cité des milles et une nuits ! le truc que t'as toujours rêvé de voir ! le scintillement de l'or d'un grand minaret, la douceur ronde des murs de terre perlés de toute la verdeur oasienne ! et autour, rien ! rien ! le désert, interminable de sècheresse, pas une route, pas un chemin, juste le grand fleuve qui, magnanime, vient prodiguer sa caresse à la cité... Le p'tit passager clandestin (comme si on pouvait l'être sur une pinasse !) que j'ai pris sous ma protection est un poète, un vrai, et tout gamin encore, même si y jure qu'il a 17 ans. Tombouctou, y connaît par cœur et y me fera visiter, promis ! Tout ça parce que les mecs de l'équipage lui mettent des baffes quand ils le croisent, t'as le droit d'être clandestin mais tu prends des baffes... c'est aussi ça l'Afrique, comme à la belote, t'as le droit de tricher mais si tu te fais choper tu perds ! Et l'autre con qui revient me prendre la tête parce que ch'uis blanc, il a vraiment envie de dégueuler toute sa frustration sur moi, enfin, sur le blanc… alors mon p'tit poète lui envoie trois vannes bien senties et il la ferme, humilié, pasque les gonzesses autour, elles sont mortes de rire ! du coup, les mômes attachés à leurs dos en sont tout saccadés… demain matin, Tombouctou !

Je n'aime pas les fusils !

« Opération coup de poing, brigadier Sabari, opération coup de poing, tu tu tututu tuutu ! », j'aime bien la jouer en Afrique cette chanson d'Alpha (un mec super), en plus, Souleymane joue vachement bien de la casserole alors, petit à petit, venus du hameau voisin, les jeunes arrivent, trois, quatre, timides, cinq neuf, y dansent, dix douze, là, c'est la boîte de nuit ! on fait la teuf en pays Dogon ! c'est trop ! On se déguinguande allègrement sur

Could you be Love, inexplicable joie de la danse, absolue simplicité, c'est délire ! Puis, quand on arrête de jouer, tout ce petit monde disparaît rapidement et fait place à la nuit. La longue falaise et ses balafres troglodytes dominent la féerie végétale de la terre d'en bas, le silence, les étoiles, j'existe…

Je n'aime pas les fusils !

Ligdi yawana ? c'est bien de parler deux ou trois mots du pays, quoique ceux-là, « combien ça coûte ? », ils trahissent toujours un truc bien mercantile, berk, du coup, ça replace inéluctablement les protagonistes dans leurs rôles : le toubabou plein aux as qui cherche à mégoter et le mec du marché qui va tenter d'emplafonner son blanc, c'est trop con les représentations ! Alors que quand t'es en famille, au village, chacun baisse un peu sa garde, ben non y rient pas tout le temps les blacks, ben oui y peut dormir dans la case le blanc, tous ces trucs s'effritent et c'est tant mieux ! Bon, on a bien essayé de me refiler la seule chaise de la maison, privilège de l'hôte, mais je l'ai donnée à la grand-mère, galant et bien élevé le p'tit français, et puis son cul, y peut le poser par terre… comme tout le monde ! Du riz, encore du riz ! Demain, j'irai au marché avec A., ma belle A., parce que je peux pas sentir l'idée de tant de dénuement, je dois participer, sans forfanterie ni esprit de charité, mais juste parce que chacun doit emmener sa contribution au frêle édifice de la petite société, la survie en dépend ; et ça, quand tu en prends conscience, ta vision du monde en est à jamais changée ! On se regarde sans arrêt avec A., on se frôle dès que possible, mais rien n'est dit, rien n'est fait, je suis tout brûlant dedans mais je n'ose avancer, je suis l'hôte, je sais que les formes autorisées de l'amour varient au fil des terres et que, souvent, derrière, se trouvent embusquées des pratiques ou coutumes auxquelles il vaut bien mieux ne pas déroger… mais elle est forte la tentation…

Je n'aime pas les fusils !

Le filet blanc des côtes de la grande île rogne l'océan, inlassable, à moins que ce ne soit l'inverse, les palmiers boulimiques émergent çà et là de la verdeur compacte qui s'étire le long du sable vierge et, plus en terre, l'arbre au voyageur sourit de ma candeur. Salut pêcheur impromptu ! ouna vovo ? Non, aie, désolé, je ne sais presque dire que cela... et toi, ha, ouais, dur le français ! Alors sourires, mimiques, mimes et éphémères dessins de sable, on se comprend tant bien que mal, on a conscience de nos limites mais aussi qu'on est des hommes, pas si éloigné qu'on le dit d'ailleurs, juste le coloriage qui change un peu, sentiment de fraternité... Oui, j'ai faim moi aussi alors OK, je suis ton obligé, je te suis, puis le poisson, ça change ! Bonjour madame, coucou les mômes, salut la sœur, la grand'mère, tout l'monde ! Zut, encore du riz !

Je n'aime pas les fusils !

Déjà 10 heures que ce bus pourri et surchargé traîne ses vieilles roues sur le goudron vérolé, même les chèvres là, sur le toit, coincées entre les mobylettes et les sacs de manioc, semblent exprimer toute la lassitude de ces interminables périples africains. Encore une panne, tout le monde descend, on partage les infortunes du voyage, les arachides et les petits beignets, ceux qui donnent la chiasse. La nuit est claire comme toujours et la brousse toute attentive à ce petit nuage humain inquiet. Bing, bang, les artistes chauffeurs s'affèrent au chevet du vieux diesel cacochyme, il vit encore, il tousse, il redémarre ! Allez, on remonte vite et ça repart. Dans deux minutes, l'habitacle bondé cédera aux coups du sommeil. Je regarde encore un peu les coiffures des femmes devant moi, petites tresses insolentes, carrés délimités avec soin à boucle centrale, infinies déclinaisons de nattes, elles sont trop fortes ces élégantes là ! Pas de riz aujourd'hui ! La nuit, Koudougou est encore loin.

Je n'aime pas les fusils !

Elles sont trop fortes les femmes africaines ! De l'aube au crépuscule, pas de répit, on enchaîne, tétée rapide pour le petit dernier qu'on arrime au dos en croisant l'étoffe sur les sein, on met le linge sale sur la tête, en équilibre, et on ondule, gracile, jusqu'au fleuve, pas loin, cinq ou six kilomètres qu'elles disent... Et tout ça, avec le cagnard qui commence à se fâcher et la petite qui suit en portant l'avant dernier ; à tout juste cinq ans, elle a déjà une bonne idée de ce qui l'attend la gamine ! Quand on rejoint les autres femmes sur la berge boueuse, on échange deux ou trois mots, quelques plaisanteries résignées mais surtout, on s'active, on frotte ! Puis, on rattroupe la marmaille, on remet le linge lourd d'humidité sur la tête, la flotte qu'on vient de puiser, et on s'en retourne préparer, un peu plus lourde, un peu moins rapide. Il fait déjà bien chaud et de petites gouttes de sueur perlent des aisselles offertes par le bras qui tient le merdier en équilibre sur le crâne. La case, brasero, feu, on sort un sein pour abreuver à nouveau le petit goulu du dos puis, on trie le riz pour en ôter les fourbes petits cailloux : « tu vois ma fille, tu dois mieux trier, y'en a encore des p'tits cailloux là, et si tu prépares pas bien, tu trouveras pas de mari ! » et la petite docile et obéissante acquiesce en silence. Pensées pour la grand-mère que le palu a embarqué la semaine dernière… Pendant que la vieille marmite s'agite, un coup de balai, pliée en deux, les fesses offertes, parce que les balais y-z-ont pas de manche… sais pas pourquoi… alors du coup, le petit du dos, y voit le monde à l'envers, y sait déjà que la réalité a plein de facettes. Puis, on fait revenir les maigres oignons, le minuscule morceau de viande dure et on s'apprête à une mastication rapide et consciencieuse, beaucoup de riz, peu de sauce, encore moins de viande. Après, on s'accordera peut-être une sieste insuffisante, le goulu sur un sein, l'avant dernier sur un bras et la petite dans l'autre puis, Fatou viendra pour la couture, faudra aussi emmener à manger au vieil Abou, récupérer le linge qui doit être sec maintenant, sommeil, penser au bois, sommeil, la petite a la diarrhée, sommeil... Sempiternelles tâches d'un quotidien voué au labeur, ponctué des rires de femmes et des cris d'enfants que toute la communauté veille. Belles et sensuelles malgré la fatigue et la lassitude, elles sont trop fortes les femmes africaines !

Je n'aime pas les fusils !

Putains ! j'ai encore merdé, je le sais bien pourtant qu'y faut pas dire qu'on est athée ! en plus, je serais plutôt agnostique... J'avais déjà fait la connerie un soir au bord du Nil, lors d'une de ces belles soirées entre hommes, répit nocturne au tourment de la gluante chaleur du jour. On parlait de tout, de politique, de sexe (dur dur en pays arabe), des projets, de la vie et, les langues déliées par le thé sombre et âcre allaient bon train, un coup d'arabe, un soupçon de français, une dose d'anglais, on jonglait adroitement avec l'alternance codique. On ponctuait tout ça de « inch'allah » et on communiait sur la corruption des politiques, sur la méchanceté des puissants pendant que, le fleuve séculaire flanqué de ses rubans verts sombres glissait impassible sur le désert chagriné des reflets de la lune. Et là, vlan ! boum ! le truc à pas dire, stupeur et pitié pour le mécréant ! juif ou chrétien passe encore mais athée… une coquille vide ! misère de la vacuité ! Je sens le chagrin profond de chacun s'abattre sur moi, je ne suis plus qu'un mourrant, on éprouve mille peines pour moi, on voudrait m'aider, me sauver, m'arracher aux serres redoutables de mon obscurantisme…

Je n'aime pas les fusils !

Ce soir, hôtel ! et c'est pas négociable ! Je rêve d'une douche et de toilettes, on n'oublie pas si facilement un certain confort… y faut dire que j'ai des puces depuis deux semaines et que mon corps est tout balafré des sentiers que ces garces suceuses y ont tracés. Je pose le barda et fonce vers le marché, une heure du mat, pourvu qu'il y ait du monde encore… Le jour, ici, ça grouille de vie, des mamas aux fesses aussi généreuses que leurs cabas mirifiques arpentent les allées méticuleuses, un monsieur très classe s'inquiète de la qualité d'une montre bien tentante, les estancots baignés d'ombre étalent des mosaïques de denrées et les motifs irisés des étoffes rivalisent avec les coloris insolents des fruits, les fragrances pulpeuses des épices ont triomphé allégrement de la puanteur méphitique des égouts à ciel ouvert, on se presse, on s'active, on palabre, on rie et on s'engueule ; un grand ballet, une chorégraphie précise de senteurs et de couleurs qui ronronne à deux pas de la grande mosquée. Mais là, c'est la nuit et, hormis les miaulements acides des chats batailleurs, pas grand monde… ouf, si, là, y'a encore un mec, Ani su ! vous avez un insecticide ? super, non, non, donnez moi la grosse bombe là ! Merci et retour en quatrième à l'hôtel, guerre chimique ! pshiiiit ! pshiiit ! crevez charognes ! pshiiit ! ça me fait tousser en plus ! Douche, lit, dans trois heures, le muezzin qui chante bien (c'est pas tous !) lancera le premier allah wakbar du jour, je replonge dans l'Œuvre au Noir, ah Marguerite !

Aleikum salam !

La pièce rapportée

Je les ai aimé comme mes enfants ces petit schtroumfs, les gosses de D. ; D., une histoire d'amour furieuse toute en pics de joies intenses et d'abysses sinistres. La rencontre des enfants de l'autre, c'est toujours un peu délicat, tu sais pas trop comment t'y prendre, tu te sens balourd, empesé, maudites hésitations du néophyte. Bien sûr, elle, la meuf, elle t'en a déjà parlé en long et en large de sa marmaille, « y sont super tous les deux, tu verrais ça, comme y parlent bien, comme y sont bons en sport, à l'école, et tout et tout ! » ; elle leur trouve une nuée de talents qui les distingue irrémédiablement de la masse. Mais toi, tu sais bien que toutes les meufs elles sont comme ça, elles te diront jamais que la vie issue de leur chair est une petite peste, un petit monstre brailleur ou un Attila miniature comme dirais mon pote Nico. Non, elles peuvent pas, c'est presque génétique ça aussi, trop dur de critiquer ce qui sort de toi, le paroxysme de la double contrainte, une forme terrifiante qui confine à la négation de soi... Remarque, je comprends bien ça parce que quand tu composes une chanson ou que t'écris un texte, enfin, à chaque fois que tu réalises un truc, c'est vachement dur de te dire que c'est pas terrible, que t'aurais pu faire mieux et tout ça. Alors t'imagines, la meuf, elle peut vraiment pas te dire que sa progéniture est vicelarde ou débile, elle aime, point, totale abnégation, totale négation... et c'est peut-être mieux ainsi... Imagine qu'elle les pourrisse de critiques, qu'elle les incendie de mille sarcasmes, on hurlerait à la mère indigne, on éprouverait des tonnes de compassions pour les pauvres chérubins... Donc pas de choix, tu acceptes le portrait idyllique et tu acquiesces ! De toute façon, quand tu rencontres une mère, tu rencontres pas une femme, tu rencontres une famille, et ça, faut bien t'le mettre dans la tronche ! « Les filles sont faibles et les femmes sont fortes » comme dit l'Victor, ouais

Hugo, tu piges ? C'est lapidaire mais y'a du vrai là d'dans…

Bref, j'ai aimé la première rencontre avec les mômes de D., y'avait une atmosphère enjouée toute drapée d'infinie pudeur, une bonne dose de curiosité, un soupçon de malice et déjà, un zeste de tendresse. Faut dire que la mère avait visiblement pas ménagé ses efforts pour préparer la rencontre au sommet : les mômes et moi on était fin prêts, briefés compette ! On a échangé des mots, puis des phrases, des regards pétillants et des petites vannes sympas sous la houlette attentive de la maîtresse de cérémonie, un petit chef d'œuvre d'orchestration avec déjà, les prémices d'une complicité sans nom, sans statut, mais joliment prometteuse.

Les valises de l'amour grossissent au fil des jours, drôles de sentiments qui se nouent entre les petits bouts et toi, on se teste, on s'apprivoise gentiment, on prend de petites habitudes, on se marre bien pour des p'tites bulles : « oh les schtroumpfs ! vous avez oublié la prière avant d'manger ! », regards un peu inquiets, y plaisante ou pas ? « Bon, j'vous montre, et patati et patatouf merci mon dieu pour la bonne bouffe ! », rires et cris, « et toi, tu la connais l'histoire de Toto au supermarché ? », je réponds non même si on la racontait déjà à la primaire, rien ne se crée. Et re-rires et re-cris, petits moments de bonheur, impression de famille même si… Et puis on établit des rituels, bisous du matin, bisous du soir, « t'as promis de nous raconter une histoire avant d'dormir, hein, elles sont trop cool tes histoires ! » ; alors tu cherches une idée, un truc nouveau pasque t'as déjà épuisé ton stock de Blanche-neiges, de nains et de chats bottés, t'as même rafistolé le bon petit diable, éreinté Perrault, vidé Andersen et autres Grimm. Alors, tu tritures la bête du Gévaudan, tu prends une grosse voix grave, tu poses une gentille bergère et une ignoble bêêêêête et vlan ! disparition sous la couette, plus de schtroumpfs, terreur et plaisir intenses, savoir la fin au prix de la frayeur !

Allez, dodo ! la mère va pas être contente sinon ! et tu descends au salon avec une drôle d'impression de déjà vu où t'avais le rôle inverse, t'es tout attendri, tu baisses les boucliers comme on dit dans Star Trek, mais t'as toujours cette foutue voix lancinante qui te susurre « attention, c'est pas tes gosses, y-z-ont un père, t'es qu'une putain de pièce rapportée, prudence... ».

Y'a eu une de ces tempêtes dans le petit camping drômois où on passe les vacances. J'te dis pas, la tornade s'est engouffrée dans la vallée douillette et tout a volé ! Vouuuh ! les tentes, les feuilles, le sable ! une farandole aérienne d'objets normalement si terre à terre ! Vouuuh ! on voyait même plus la rivière ni la gentille montagne juste en face ! Vouuuuuh ! Eole a les boules le cochon ! Plein la gueule qu'il nous met de sable et autres brindilles ! volez serviettes de bains et maillots microscopiques ! rien ne résiste au grand souffleur ! Et là, merde ! merde ! où elles sont la mominette et sa copine ??? Elles étaient à la rivière y'a pas deux minutes mais on voit plus que dalle ! Alors ruée sur la berge, asphyxié de poussière, aveuglé d'escarbilles éoliennes et d'inquiétude, grosse gifle de vent rageur qui te mitraille la tronche, où elles sont bon dieu, où elles sont ??? Petite voix apeurée qui traverse péniblement le tumulte et affleure du ponton désert, impossible... à moins que... dessous mon con, elles sont dessous ! On se serre dans mes bras, on est soulagé, on regagne vite le mobile home pendant que la tornade crache ses dernières éructations haineuses. Sentiment de confiance, de mutuelle reconnaissance... et toujours la voix pourrie qui dit « attention, c'est pas tes gosses, y-z-ont un père, t'es qu'une putain de pièce rapportée, prudence... ».

Pas trop de poivre, y-z-aiment pas trop les pépères... pourtant je chiade les plats et ça m'éclate. Des oignons, point trop n'en faut, bien cuit le steak (suprême hérésie !), moutardée au centième la vinaigrette, extase benoîte du profane, jonglage assidu entre les goûts de l'un et les exécrations de l'autre, mais tu parles ! Si c'est pas des frites ou du nutella, aucune chance, cause perdue (les plus belles parfois), y vont dire qu'y-z-ont pas faim, surtout le p'tit bonhomme, ça lui prend vraiment la tête de manger. Alors y joue avec sa fourchette, y fait des ronds dans l'assiette ou des moues de grand malade du foie, mais y mange pas, pourtant faudrait. Mais au nom de quelle autorité ? Alors psychologie, invocation de la bonne entente, de l'éventuel mécontentement maternel... « Dis, c'est quoi dieu ? » Oups, dur la question, déjà avec un adulte c'est pas évident, alors avec des mômes, t'imagines ? surtout qu'en plus, c'est pas les tiens et qu'tu sais pas vraiment c'que leurs vieux y-z-en pensent... Alors, t'essaies d'expliquer qu'y'a des mecs qui croient à la vie après la mort, à l'âme, mais qu'y sont pas tous d'accord, et que souvent, y préfèrent se taper sur la gueule, heu, la figure ! pardon ! plutôt que de respecter des préceptes similaires et bien valables… qu'il y en a qui croient en la métempsychose, ouais, c'est la réincarnation je crois, puis tu cites pèle mêle le Moïse, le Jésus, le Mahomet et le Bouddha… on va leur épargner Zoroastre et Osiris pour l'instant… Ouais, cocote, ceux qui croient pas c'est les athées et moi, en quoi je crois ? Heu… agnostique peut-être…

En tous cas, y-z-ont réussi leur coup les mômes, y-z-ont rien bouffé les p'tits futés et moi, j'ai fait le mec qui voit pas la digression, du grand art, de la complicité dans la simplicité, y sont trop ces enfants là ! Et la voix merdique qui murmure encore « attention, c'est pas tes gosses, y-z-ont un père, t'es qu'une putain de pièce rapportée, prudence… ».

Encore des cris stridents qui déchirent la baraque, embrouille ! faut dire que le triptyque adoré confine au concert de crécelles quand y'a des disputes ! ça piaille à donf ! Les voix suraiguës et déchaînées crépitent dans la carrée et moi, je fais mon Pilate impassible parce que je sais trop bien que s'immiscer dans le petit trio c'est comme se foutre au milieu des tranchées de Verdun, t'es sûr d'en prendre plein les gencives ! lâche ? bof, pas sûr... c'est plutôt qu'il te faudra assumer un statut, ou un truc dans le genre, dont tu es singulièrement dépourvu... Le silence qui suit l'embrouille est toujours un peu lourd alors je vais, tour à tour, visiter les combattants et tenter de panser les blessures... Ouais, je sais qu'il veut toujours te prendre ton jeux mais t'es plus grande, tu dois comprendre... nul, trop nul et trop merdique mon bredouillage au milieu des sanglots déchirants de la petite, un fleuve de dépit qui dégouline de ses yeux ! un torrent de tristesse qui dévale les petites joues ! Merde, j'en suis tout ému et je me dis que les mères sont toujours plus dures avec les filles, surtout si c'est les aînées... Profonde empathie, bouffée de tendresse, et la voix casse-couilles qui braille encore « attention, c'est pas tes gosses, y-z-ont un père, t'es qu'une putain de pièce rapportée, prudence… ».

Grand moment d'émotion aujourd'hui, on est rentré de vacances et le père est venu chercher les mômes… et ben tu sais quoi ? Y m'ont même pas dit au revoir ces petits sagouins, putain ! les boules ! trop le démon ! Alors je brasse dans le jardinet, furieux contre le monde, incendiant mon insondable connerie, ma crétinissime naïveté ! hors de moi que je suis ! Et même D., qui tente de me réconforter, ne peut pas grand-chose contre toute cette foutue détresse qui me tombe sur le coin de la gueule, merde, quel connard bordel, quel connard ! Ding, dong, sonnette de l'entrée, m'en fous royalement ! Et d'un coup, tac ! y sont là les impudents vermisseaux, les satyres de mon affect, les p'tits bourreaux de feu mon sentiment, y sont là, tout penauds, tout gentils, tout gênés : « on a oublié de te dire au revoir alors on a demandé à papa de nous ramener »… Merde, merde, merde ! trop dur, je vais chialer pour un peu… et la conne de voix qui radote « attention, c'est pas tes gosses, y-z-ont un père, t'es qu'une putain de pièce rapportée, prudence… ».

L'histoire avec D. a fini comme une farce tragique, un grand coup de pied dans la fourmilière, déchirement de l'âme et lacération des tripes, fausse-couche, grosses souffrances. Déjà six mois que s'enchaînent les matins gris, les journées disgracieuses et les nuits sans sommeil. Et là, je me retrouve comme un con devant cette petite lettre jaune vif, les mômes ! y m'ont écrit ! y pensent encore à moi… Terrible destin de la pièce rapportée !

Préface finale

Comment peut-on écrire de telle manière ? C'est purement grotesque, ça frise l'insanité. Plus que faible, la prose est insignifiante, indigne de maculer, ne serait-ce qu'un bref instant, la moindre parcelle de papier. C'est tout simplement inimaginable, une interminable litanie de lieux communs et de poncifs éculés, un verbiage pompeux qui confine à la logorrhée ! Au travers de cet amoncellement de clichés vaguement autobiographiques, l'auteur, mais est-il encore possible d'utiliser ce vocable, nous balade au gré de ses turpitudes narcissiques et totalement dénuées d'intérêt en un périple stérile et affligeant de banalité. Et que dire de la forme ! Cette morne accumulation de points d'exclamation et de suspension parviendrait tout juste à lasser l'œil du téméraire qui se risquerait à parcourir ce monceau de trivialité ! Ça dégouline de sentiments visqueux et de pensées mièvres, ça suinte l'univers étriqué et *l'étroitesse d'esprit, c'est tout simplement odieux ! Un véritable affront à la merveilleuse langue de Voltaire, une insulte nauséabonde à la communauté francophone, un infâme outrage pour la fraternité des gens de plume ! Alors, s'il fallait trouver un quelconque mérite à ce fatras de platitudes, ce serait assurément celui de définir, pour l'éternité, le degré zéro du scribouillage.*

Jean Neymard

Mots et maux

Part II

Les cafards (avec tout mon respect pour la p'tite bête)

Ah le con ! Tu vois, c'est ça qui me dégoûte ! Les mecs comme Neymard y peuvent pas supporter le plaisir simple des autres, ça les rend malades que tu puisses te satisfaire de peu, enfin, de ce qu'ils considèrent comme peu. Y sont tellement aigris que tous leurs mots puent le vinaigre, les cafards ! Y croient encore au mythe fallacieux de la perfection, aux sophismes éhontés des pourfendeurs de l'irrégularité, à la fatale suprématie de l'homogénéité…

T'imagines, toi, une vie tout en carrés vertueux, en cercles idéaux, en triangles resplendissants d'équilibre, avec un horizon impeccablement droit scindant ta vue entre azur homogène et alignement militaire des arbres ??? Putain ! trop grave, trop chiant, trop nul ! C'est un peu comme les anciens monarques égyptiens ou incas, tellement obsédés par ce foutu mythe de la perfection qu'y finissaient par niquer entre frères et sœurs et là, je te dis pas, bonjour la perfection ! super le résultat ! Et l'autre inquisiteur de la langue qui vient me prendre la tête avec son univers consanguin, sa baise martiale et sa quintessence étriquée ! Neymard connard ! Neymard connard ! Ouais, je sais, c'est nul mais ça fait du bien… Et pourtant, y'a rien de plus chouette qu'un petit grain de beauté pour épanouir la morne régularité d'un visage… qu'une petite cicatrice rieuse pour casser le triste équilibre des fesses, qu'un sein qui se détourne légèrement pour narguer le monde… Tu vois, c'est comme dans la zique, on fout des dissonances de partout pasque les accords parfaits, ça finit par faire chier tout le monde ! C'est ça la blue note, c'est le p'tit truc qui rend ta meuf inimitable, le foutu détail qui fait que le couscous de ta mère il est toujours meilleur, la rencontre improbable qui fait jaillir la vie, la vie… C'est aussi pour ça que les nazillons en tous genres y-z-ont tout faux ! La pureté de la race (mot à la con pour les hommes !), non mais t'imagines un peu si on était tous pareillement parfaits ? le moindre virus un peu cochon qui passe et paf ! plus personne, tous sur le carreau ! fini la race suprême ! un véritable connocide (un génocide de connard, regarde dans le dico !) ! Alors qu'avec nos soi-disant imperfections, on a résisté à la peste, aux chiasses en tous genre, et même aux connards fascisants ! encore des cafards !

Mais tout ça, t'as beau le savoir, ça te mine quand même les critiques des mecs comme Neymard. Dans la musique, c'est kif kif, y'a toujours un spécialiste dans la foule qui trouve que tu joues trop ci, pas assez là, que t'es trop technique, que le blues c'est pas ça... Un jour que j'avais failli me battre avec un de ces connards, mon pote Pep, encore un artiste celui-là, y m'avait dit que de toute façon, eux y-z-étaient en bas et nous sur scène et que ça, ça faisait une sacrée différence !!! la différence qu'il y a entre ceux qui font et ceux qui font pas, entre ceux qui gesticulent de la langue et ceux qui bougent leur cul, entre ceux qui disent toujours que la meuf est pas assez belle et ceux qui baisent ! (tains, je parle toujours de cul !) Et là, Pep y m'a bien aidé, je m'en suis toujours souvenu de sa phrase. Faut dire que lui, c'est un drôle de mec, un peu comme Juan au niveau du caractère et du feeling, y sont du Sud tous les deux, mais aussi vachement paradoxaux. Le genre de mec qui fait le grand écart entre Jean-Paul et Joseph, si si, tu les connais, le pape et Staline, enfin, j'exagère un peu mais c'est vrai qu'il arrive à faire cohabiter tout ça en apparente harmonie dans sa caboche de père tape-dur (il est batteur). Et lui, en tous cas, il agit, y se bat pour les autres, y parle mais il agit, discours et manifs, respect m'sieur Pep ! C'est aussi ça la zique, des hommes et des convictions, des gens qui font… pas comme tous ces branleurs de langue, ces cafards tout juste bons à te descendre au nom de leur idéal pourri et de leur prétendue supériorité ! tu es donc si intelligent que ça, toi, pour parler de l'intelligence des autres ? tu as donc fait tant de choses pour dénigrer mes pauvres édifices, hein ? Moi, j'me la pète pas, ou plutôt, j'me la pète plus, j'en ai rencontré des génies, pas beaucoup, mais quelques-uns quand même, et ceux-là, y-z-ont pas besoin de te monter sur le crâne pour se sentir moins merdeux, y sont, point. Tu vois, tous ces trucs, l'amour, la zique, l'Afrique, les études, si t'es pas trop con, ça te rend humble, très très humble… T'arrête de regarder le monde par le judas de ton nombril surdimensionné, par le prisme étriqué de tes représentations. Tu vois qu'il y a des mecs, ou des meufs d'ailleurs, qui captent tout en un claquement de doigt, qui connaissent tous les cancans de l'humanité, d'Hammourabi à Gandhi, alors que toi, t'as péniblement retenu 1515 et 1789… mais ça change quoi au final ? La vie, c'est pas une compète, c'est pas la recherche effrénée de la première place ! C'est même l'inverse, on, nous, les humains, est un gros banc de sardines, pas possible d'exister seul, isolé tu meurs ! Même l'ermite sur sa colline, il a besoin de l'aumône sinon y crève… alors bien sûr, y'a des sardines du dessus, d'autres du dessous, celles de devant et celles de l'arrière, les grasses et les maigres, les rapides et les lentes, mais, l'important, c'est de faire partie du banc et d'en être un peu conscient… Terrible paradoxe de l'humanité, insoluble question de l'identité, la quintessence de la double contrainte, exister en tant qu'individu tout en sachant que l'on est rien sans l'autre… Alors, définitivement, j'emmerde les cafards… même si je sais trop bien qu'ils font partie du banc… Neymard connard ! Neymard connard ! Neymard connard ! Neymard connard ! Neymard connard ! Neymard connard !

Nostalgie

(Rien de plus con, un truc de maso… et pourtant…)

J'aime trop la regarder quand elle émerge la mémère ! Ouais, j't'en ai parlé déjà, D., une histoire d'amour furieuse toute en pics de joies intenses et d'abysses sinistres, tu t'rappelles ? Ses yeux, encore accrochés à quelques rêves, paraissent tâtonner le jour comme pour un premier contact délicat avec le monde, ses longs cils de jais commencent à s'enhardir, à battre l'air et, sa jolie peau noire semble toujours parée de nocturne rosée… elle entre dans l'air tout doucement… elle y trempe d'abord son petit nez brillant, histoire d'en prendre la température, puis se rétracte, un peu comme une corne d'escargot… puis elle risque une épaule, lui accorde un peu de temps pour s'acclimater… puis, elle laisse un téton téméraire se risquer hors du lit, elle s'éveille.

Ah, nostalgie !

On a planté la tente là, sous l'égide des grands frênes ; ceux que le pépé il avait planté y'a longtemps pour faire des charrettes mais on en fait plus des charrettes... mais c'est pas grave parce qu'on leur a trouvé un autre job, on les a promus au grade de sentinelles de notre petit bonheur... On est seuls, là, au bord du petit ru chétif qui fend le val. De part et d'autre, c'est bien vert et tout dense mais, une poignée de pas au-delà, c'est sec, aride, pelé. La montagne provençale, toute repue de soleil, accorde magnanime quelques touffes de thym, consent un peu d'émeraude et d'or aux chênes déjà rares, daigne draper sa roche des couleurs du ciel pendant que les senteurs du romarin et de la pierre chaude serpentent dans la garrigue. Cricricricri cigales ! Giono, Pagnol !

Hum, nostalgie !

Salut la mémère ! bien dormi ? et je lui tends un baiser qu'elle minaude pasqu'au réveil « ch'uis toute

70

ci, toute ça… » Je prépare un thé tout en la regardant laisser éclore sa nudité hors du lit. Milliers d'invisibles chemins que mes yeux ont gravé sur son corps, sentiers battus et rebattus sur lesquels divague inlassable mon regard, pistes cahoteuses tracées à force de baisers, burinées à la pointe de la langue, routes infinies de grâce zigzagant de combes en vals, le raidillon des seins, la grande plaine du ventre et son petit lac, la glissade enivrante de la hanche, l'ascension de la fesse, les gorges de l'aine, petit bosquet en vue… C'est moi le Magellan de sa peau, le Colomb de son corps, l'Armstrong de sa chair ! Hummmm ! bien envie de la grimper moi la mémère… mais elle va encore dire que je pense qu'à ça… alors, j'attends un peu, en embuscade, dix minutes ? c'est long… ouais ouais…mais tout vient à point à qui sait attendre y paraît… et là, moi je sais !

Pas terrible la nostalgie !

La bête à deux dos se scinde lentement et chacun retrouve son corps, on aspire de lentes bouffées de Provence et on laisse le monde tourner autour… Cricricricri cigales ! Giono, Pagnol ! Il est bien ton bouquin ? Samarcande, super ! rien que le nom et tout un univers se dessine, coupoles dorées, caravanes, épices, Orient… et toi ? c'est le Dumas que je t'ai offert ? Ouais, Pauline, je le connaissais pas celui-là, c'est pas le meilleur mais c'est mon Alexandre… alors j'aime ! On échange quelques mots et on se laisse glisser à nouveau dans nos univers livresques, seuls nos orteils se touchent pour demeurer reliés, ensemble, face à tout.

Pas bon la nostalgie !

On n'a pas pris grand-chose pour ce petit campement sauvage, une tente, un réchaud, un peu de bouffe et un jerrican de flotte. Important le jerrican pasque la mémère, elle flippait grave de pas pouvoir se laver, je lui avais pourtant dit qu'on pouvait prendre une douche avec une simple bouteille, que je l'avais fait plein de fois en Afrique, quand y'avait pas beaucoup de flotte… mais elle y croyait moyen… Mais là, ça y est, elle a pris le coup, douche au jerrican en pleine air sous nos potes les frênes. Á travers des buissons, je la vois dessiner énergiquement de blanches arabesques savonneuses sur sa peau noire puis effacer les motifs d'un trait de flotte… Pas belle la vie ? hein ? Plus haut, l'éternel plafond azur du pays des santons laisse l'astre écraser les montagnes de sa puissance, midi approche, Cricricricri cigales ! Giono, Pagnol !

Ça craint la nostalgie !

Un peu d'huile d'olive dans la poêle, normal en Provence, et je balance mes p'tits bouts d'oignons. Frétillement, frémissement, bruissement dans l'huile, hummm ! ça fait toujours monter la salive au bec les oignons frits, c'est imparable ! Allez, les quartiers de tomate à la suite, p'tit tour de moulin à poivre, pincée de sel, herbes de Provence off course ! et ça commence à s'agiter sérieux dans la poêle... vite ! casser les œufs, un p'tit brassage énergique et pshitttttttttt, le baiser ardant de la poêle, la matière qui se transforme, le jaune et le rouge qui s'accouplent et les bords qui prennent des mines mordorées... faim... la Provence dans la poêle, la Provence autour de la poêle... Cricricricri cigales ! Giono, Pagnol !

Fait chier la nostalgie !

On se consulte sur fond de chaleur de midi et du midi avec la mémère, digestion tranquille ? sieste ? Oui ! crapuleuse bien sûr ! Cricricricri cigales ! Giono, Pagnol ! J'ai jamais vraiment compris c'que ça veut dire « un instant d'éternité » mais là... j'crois bien que j'en ai vécu un...

Foutue nostalgie !

Le blanc qui avait le feu

(Ch'uis pas un blanc, ch'uis un homme et ça vaut pour toutes les couleurs !)

Ah non, je la referai plus cette connerie ! Quand le douanier m'a demandé si j'avais des stupéfiants, je lui ai répondu : « pourquoi, j'ai l'air stupéfait ? » Mort de rire, moi je trouvais ça hyper drôle mais lui, visiblement pas… alors, passe derrière et déballe tout, vide le sac, tombe le blouson, enlève tes pompes… m'a fait perdre une heure ce con ! En plus, à la sortie, y me demandent un visa et moi j'en ai pas… Ah non, monsieur, le visa est obligatoire ! « Ben merde alors ! je vous dis que c'est l'ambassade qui m'a dit que… » Rien à faire, têtu comme une bourrique le fonctionnaire supérieurement supérieur, et en plus, y garde mon passeport en attendant ce débile ! « Mais je vais faire quoi moi, sans papier pendant tout le week-end ??? en plus j'ai pas de fric, j'ai que des travellers et pour les changer, y me faut mon passeport ! et pis il est

23h ! comment je fais pour le taxi, l'hôtel, la bouffe ?? » Et ben y s'en fout, il en a rien à secouer ! Je pourrais lui filer un truc, un p'tit cadeau d'arrivée pour sa collection comme y disent mais j'ai pas grand chose et pas envie en plus. Y font chier tous ces bakchichiens de merde ! C'est souvent comme ça en Afrique, à l'entrée des bleds et à la sortie aussi, y-z-arrêtent tout le monde et y font casquer, c'est presque endémique. Tu les vois de loin en plus, y'a un baril rouge et blanc qui bouche la route et un mec lunetté de noir, costumé kaki défraîchi, avachi sur une chaise. Quand t'arrives, y se lève lentement, comme si tu l'interrompais dans un moment ultime de la pensée, et y marche vers la bagnole en aspergeant tout le monde de son pouvoir. Les passagers, y sortent même pas leurs papiers, tu parles, y connaissent par cœur, y-z-ouvrent le porte-monnaie avec résignation et l'adjudant Mescouilles encaisse ! et c'est comme ça presque partout… C'est lui le brigadier Sabari de la chanson d'Alpha. Bon, ceci dit, je veux pas les défendre mais comme y sont payés à coups de lance-pierre, ça s'explique un peu… y'a pas beaucoup d'rentrée d'impôt en Afrique alors c'est dur de payer les fonctionnaires… alors la frangine corruption se pâme… et dire qu'il y a des cons de réacs pour te dire qu'il y a trop d'impôts ! quelle connerie ! tu vois où ça mène quand y'en a pas ?! et dire qu'on a fait la révolution pour ça et que les mecs y pigent toujours pas…

Enfin, bref, me voilà à la sortie de l'aéroport de Ouaga, il est minuit bientôt et j'ai pas une tune et plus de passeport... et ben tu sais quoi ? ça m'en touche une sans faire bouger l'autre comme dirait l'autre, je pose mon p'tit cul sur un muret, je respire les effluves pétrolées de la ville proche, mes yeux baguenaudent sur le scintillement des étoiles africaines et d'un coup, je me sens bien, cool, relax max ! Je laisse filer cinq ou dix minutes contemplatives et décide d'aller me frotter au rituel vénal du choix d'un taxi. De loin, je choisis le vieux au milieu du groupe de requins, il a l'air moins rapace et y doit avoir plus de bons plans. Ruée sur moi, invectives, bousculade, non ! non ! Je fais affaire avec le chibani ! c'est comme ça ! m'en fous si ton taxi il est mieux ! ouais mon pote, c'est comme ça ! Alors monsieur, vous pouvez m'emmener en ville ? ouais ? heu… le problème c'est que j'ai que des travellers et que la douane m'a piqué mon passeport… faudrait trouvé un moyen… « Montez d'abord, on va trouver, ici, on peut toujours s'arranger. » Alors go ! Il est sympa le vieux, j'ai bien choisi, il a des bouches à nourrir et y juge pas, il a pigé ma p'tite galère et y fait un peu comme un père, y m'admoneste tout en douceur et y se plie en quatre pour m'aider, pas un mythe en Afrique la solidarité ! et même avec les p'tits blancs… Un défilé d'avenues mal éclairées plus loin, on trouve un palace flashant pour les bourges où y-z-acceptent de me changer deux travellers contre des liasses de CFAs, cool, j'ai l'impression d'être riche d'un seul coup. Puis, on r'part pasque moi, j'crêche pas ici ! écroulé d'rire, avec le prix d'une nuit dans c't'hôtel, j'fais un mois complet ! On attaque les vraies rues, toutes sombres mais bien remuantes, ça sent le brasero et la grillade, y'a du Coca, du Fanta, de la bière et des petites lumières plein les estancots microscopiques et déglingués qui se pressent le long du goudron. Ça brasse à Ouaga le vendredi soir, des jeunes mecs sémillants partent à l'abordage des brigades de midinettes fardées pour l'occase : « Hé ma sœur, je peux t'offrir une ballade sur ma moto (une mob déglingue) si tu me fais un sourire ! » ; « Mais pour qui tu me prends » qu'elle répond la jolie souris « je suis une fille sérieuse moi ! » Sur des petits bancs, très près du sol, y'a des mecs imperturbables qui jouent aux échecs avec des connaisseurs autour qui approuvent ; des messieurdames en costard marchent lentement et un peu supérieurement pendant que leurs enfants de bonne famille suivent en regardant à la dérobée toute cette agitation nocturne qui leur cligne de l'oeil, y-z-aimeraient bien mais faut tenir son rang… On tourne à droite, dans une impasse défoncée et noire où le taxi rebondit sur chaque ornière, et là, y'a un petit hôtel sympa, à quarante balles la nuit. Je file un gros pourliche à mon chibani, le remercie infiniment de son aide, puis je file à ma chambrette spartiate pour poser mon sac, y'a une moustiquaire, cool. 1h du mat déjà, pas envie de lire ni de dormir, allez, m'en vais faire un tour. Je fais gaffe dans l'impasse pasque sans lumière, c'est super casse-gueule les rigoles de latérite, et j'ai pas envie de sortir avec un Tshirt tout crade de terre rouge. Ah, la rue de tout à l'heure, je m'achète un paquet de Bostons histoire de me donner une contenance tabateuse et je commence à chercher un coin sympa pour me tanker. Des néons bleus dans une ruelle, Le Baoclub, excusez-moi m'sieur, c'est quoi comme boîte ici ? y'a des musicos ? ouais ? trop cool !

Elle est super cette boîte, un bar énergique accroché à gauche d'une grande enceinte rectangle, des petites pergolas paillées et circulaires le long des murs, un kiosque central pour la danse, au fond, la scène, et la magnificence nocturne pour tout plafond. Tout ça sans frime ni overdose de décibels, le côté doux de l'Afrique, pas comme dans les boîtes en France. Dock of the Bay s'achève sur le signe du chef d'orchestre et les musicos attaquent la série zouk. Moi, j'aime pas trop ça, le zouk, tooum ta toum ta tooum ta toum tatatooum, c'est toujours pareil et, en plus, ça finit par flinguer tout le reste et c'est con pasque y'en a plein de la création ici, je te dirais même que la dernière fois que j'ai entendu un vrai truc bien rock c'était ici... Mais voilà, le zouk ça fait danser, et là, le kiosque se remplit à vue d'œil, on se trémousse dans les costards, les jolis popotins chahutent sensuellement sous les jupes brillantes et de petites perles de sueur commencent à briller sur les fronts. Une Flag s'il vous plaît ! hummmm ! la bière made in Togo, l'ambiance et la fatigue, ch'uis tout cool, détendu comme un chamalow. Y sont bons ces musicos, pas des tocards, y font la série slows maintenant et moi, je commence à avoir des démangeaisons dans les doigts... Une Flag s'il vous plaît ! hésitations, timidité... j'attends scrupuleusement la fin du morceau et je vais voir le chef : « bonjour, ch'uis musicos en France moi aussi... heu... j'pourrais faire le beuf avec vous quand y'a un moment ? » Y me regarde, forcément un peu soupçonneux mais y dit oui, qu'y va m'appeler pour un morceau, cool ! Une Flag s'il vous plaît ! « Ce soir, nous avons un musicien qui vient de France » annonce le chef pas si convaincu mais bien pro ; applaudissements polis pour le p'tit Français et sa tignasse rouquine et me voilà de retour dans mon univers mais ça, ils le savent pas encore, tout humble que je suis, pis un peu traqueux quand même... Rapide négociation et choix du Bob, le gratteux me file sa vieille strato, la même que la mienne et, un deux trois quatre ! ré fa sol fa ré do si ré do si sol… *I shot the Shériff, but I did not shot the deputy* ! Putain, ça groove à donf! On passe les plans comme si on avait répété 100 fois ensemble, les deux jolies choristes m'enrobent de leurs voix câlines, la rythmique implacable semble tirer les ficelles des corps marionnettisés, frissons d'orgue Hammond chahutant les contretemps, magie de la musique, le feeling… Les mecs, en bas, y s'éclatent et les musicos me font des mimiques approbatrices, complices, on se déride. Moi, ch'uis agité des cheveux comme d'hab, connection directe, je pense à rien et mon intérieur symbiotise avec la zique, j'attaque un p'tit chorus et je triture les cordes sans vergogne, pull off ! hammer ! je te la fais couiner la vieille strato ! une cascade de notes incandescentes ! ça sort tout seul ! je me sens vraiment dedans et d'un coup, une ombre rapide sur mes paupières ! un bras qui vient comme pour me mettre une grande baffe ! le temps d'ouvrir un peu les yeux et la main est sur mon front… recul réflexe ! mais non, pas d'agression, y m'a collé un billet sur le front l'mec ! et y'en a un autre qu'arrive ! c'est trop, encore un billet ! ré fa sol fa ré do si ré do si sooooooooool, pla toum toum ta tata ploum ! Putain !!! ça applaudit à tout rompre ! les musicos m'envoient une rasade de pouces levés et le chef bombe le torse, grand sourire ! Et ça continue ! y-z-en r'demande en bas ! Moi ch'uis un peu gêné pasque je connais bien le plan des squatteurs de scène pis que c'est surtout les musicos qu'y faut applaudir… J'échange un regard bien dense avec la choriste de droite… putain ! quelle meuf… et on repart, Hendrix maintenant, je savais pas qu'on aimait ça dans les boîtes africaines… alors là, je me lâche franco ! la gratte dans le dos ! entre les guibolles ! larsen ! les dents ! Mmmwwhaouuuuu ! y déchirent ces musicos ! un tsunami harmonique qu'on leur envoie aux mecs d'en bas !

4h du mat, les musicos ont terminé et on discute boutique. Le percu, celui qu'a fait un putain de solo tout à l'heure, il a tourné en Europe et ça m'étonne pas... T'aurais vu ça ! pas un de ces brandigouilleurs de djimbé qui te pètent les esgourdes avec leur prétention nullissime tout ça pasqu'y pensent que la percu c'est plus facile (je pense pas spécialement aux Africains), nooon ! le gars y te chope doucement avec un p'tit riff que tu crois simplissime, puis il ajoute une pincée de contretemps, puis un zeste d'accentuation, puis y fait gonfler les graves, tu commences à te sentir bouger malgré toi, paf !un triolet de noires, maintenant, tu prends chacune de ces frappes sur ton corps, toumm, ratatoum ! tes guibolles bougent toutes seules, pla pla ta toum ! même ton palpitant y se trémousse ! un vrai pantin que tu deviens entre ces mains diaboliques !!! Je te zappe le reste, ce genre de truc, faut le sentir, mais, quand y pose le ploum final, t'es comme vidé, t'as perdu le contrôle pendant un moment, y t'as envoyé dans la cinquième dimension... Moi, je promets au gratteux de lui envoyer des cordes de France pasque bien sûr, je lui en ai pété une, et c'est cher ici les cordes... C'est ultra bidon ce que je vais dire mais je me sens un peu en famille avec ces gars... Encore un rayon d'émotion bien dense entre la choriste canon et moi, à moins que je fabule... Awa qu'elle s'appelle... N'empêche, c'est trop comme on se ressemble entre musicos et même bien au delà des mers... mêmes vécus, mêmes histoires, mêmes joies, mêmes galères... alors tu vois, moi, toutes ces conneries sur les insurmontables différences culturelles, ethniques et tout le bordel, je me marre ! de la couille en barre qu'il aurait dit mon vieux !!! que de la foutue foutaise fautive (note l'allitération !) !!! Là, ça devient vraiment chaud avec Awa... c'est plus des regards qu'on échange, c'est des salves bien tangibles d'hormones en furie ! ça fourmille de partout dans mes tripes, wwwwaie !!! en plus, depuis deux minutes, on a croisé nos jambes sous la table, discrétos, et j'ai l'impression qu'il y a des milliers de trucs qui transitent impétueux par là… le canal de Suez entre nos gambettes ! Envoûté que ch'uis ! en transe le lascar ! mes yeux sautillent sur la racine des petits cheveux crépus, là, sous les tresses, sur son front si joliment bombé, noir, puis ils plongent hardis dans le sombre tourbillon des jolies mirettes ombrées par la longueur des cils, escaladent le p'tit nez brillant, sautillent sur la lisière pulpeuse des lèvres, vont se perdre dans le val tressautant du décolleté… et je te dis que ce que font mes yeux pasque ma tête est déjà bien plus bas, sur son ventre, sous sa jupe, entre ses longues jambes qui ondulaient si chouettement sur la zique… wwwwaie, je meurs !!! Comme la soirée s'étiole, que les corps aspirent au repos, que la boîte se vide doucement de sa substance humaine, on se dit au revoir avec les musicos, on sait pas trop si on se reverra mais on est content de s'être rencontré, tout simple, tout cool, mais si efficace… « On te laisse raccompagner Awa » que me dit la deuxième choriste pendant que le reste de l'équipe me fait le festival de la mine innocente, les cons ! mort de rire ! Allez, ciao les mecs ! encore mille mercis et à la grâce de dieu !

Ah… tu voudrais bien savoir la suite hein mon cochon ! (ou ma cochonne d'ailleurs) Tu voudrais bien que je te raconte les aspirations et sucions goulues de ma langue en folie sur les seins pointus d'Awa, super soupir, comme on a mélangé nos doigts, nos langues, p'tits cris de relâchement, comme on a enchevêtré nos jambes et comme on a valsé serré serré du bassin, respirations agitées, comme elle m'a broyé les esgourdes avec ses interminable jambes pendant que je lui… BEN NON, tu sauras que dalle mon grand ! non mais ! c'est privé ce genre de trucs ! Mais, comme ch'uis bon prince, je te raconte quand même la fin d'l'histoire. Ch'uis rentré à mon p'tit hôtel, le lendemain, pas trop tôt, et le tôlier, y m'a chopé, un peu excité pasqu'y savait que j'étais musicos et qu'il avait un putain de scoop pour moi ! « Tu sais » qu'y me dit, « y'a mon copain Aboubakar qu'est allé au Baoclub, la boîte d'à côté, hier soir, et y m'a raconté qu'il y avait un p'tit blanc qu'a joué de la guitare, et ben ce p'tit blanc, y jouait comme un vrai fou, si si ! on aurait dit qu'il avait le feu ! »

L'Affreux

Nous, dans le quartier, on l'appelait l'Affreux, mais tu vois, c'était pas méchant, juste un de ces trucs affectueux qu'on dit aux gens pour leur signifier un rapport singulier... un peu comme « mon gros » ou « ma couille »... c'est con mais c'est comme ça... Pis d'ailleurs, lui, il le prenait pas mal, ça le faisait marrer même... et quand y se marrait, on voyait tous ses chicots noircis de tabac et de vinasse... faut dire que sur ce plan, y tournait fort l'Affreux, deux ou trois litrons de super chaque jour, pas moins que ça ! Sans compter les goldos sans filtre qu'il avait toujours au bec... Alors tu parles, quand tu additionnais ça à la longue filasse noire qui lui pendait sur le front, aux indéboulonnables lunettes noires aussi, pis cette démarche tordue sur la droite et un peu recroquevillée, t'avais le perso, c'était lui l'Affreux !

Au quartier, il habitait en bas, un rez-de-jardin qu'on appelle ça, moi j'aurais plutôt dit que c'était son antre pasque tu vois, lui, y voyait pas… et oui, miro comme y disait, aveugle quoi… une tumeur salope, des rayons, tout bébé… Je dis son antre pasqu'en plus, le ménage c'était pas vraiment son truc, mmmmwwwwahaha !!!! comble de l'euphémisme ! Enfin, lui, il avait jamais vu et quand je l'ai connu, y sortait plus de chez lui, mais alors plus du tout. C'est le monde qui venait à lui… faut dire qu'y vendait du chichon alors forcément, y'avait du monde… pas toujours du beau monde d'ailleurs… mais t'aurais vu comme ça brassait ! de midi, l'heure où il émergeait, à 2 heures du mat, c'était toujours squatté chez lui. Du mec du quartier qui s'emmerdait au furtif client pour le shit en passant par toutes les déclinaisons plus ou moins douteuses de l'espèce humaine, ça brassait toujours… et ça fumait pas mal… Lui, y paraissait régner sur ce p'tit monde mais en fait, y fuyait à mort la solitude, y supportait mal certains mecs et y se faisait souvent enfler de la tune ou chouraver des trucs, des CDs, de la bouffe… enfin, c'était vraiment un drôle d'endroit chez lui…

*

Il avait pas toujours été comme ça l'Affreux, il avait composé de la chouette musique et il l'avait même enregistrée ! Guitares et voix qu'il avait fait, et c'était vachement bien ! Et en plus, dès qu'y sortait un peu de son personnage, tu voyais bien qu'y savait plein de choses, qu'il en avait fait pas mal et qu'il était curieux de tout… profondément humain… Mais tu vois, l'alcool, c'est un truc vachement vicelard pour certains… et lui, y faisait partie des certains…

La première fois que je l'ai rencontré, c'est mon pote Pat qui m'a emmené chez lui. Y se connaissaient par la CB ; mais non ! pas la carte bleue ! mmmmwwwwahaha !!!! la Citizen Band ! tu sais, le truc des routiers, un genre de radio pour les particuliers. Bref, mon pote Pat il lui a dit « je te présente un musicos, comme toi » et l'Affreux il a répondu qu'il avait entendu parler de moi par les mecs du quartier… même que ce jour là, j'ai appris que c'était moi le « musicos du quartier », c'est comme ça qu'y m'appelaient les gonzes. Alors t'imagines, quand un vicomte rencontre un autre vicomte, bla bla bla ! On a bien accroché tous les deux, puis, il a sorti les grattes, les a branchées, ben oui, les guitares électriques ça se branche, et on a joué… et tu vois, sur son visage, sous les big biglettes noires, je pouvais presque voir ce qui se passait dans sa tronche… ouverture maximale cap'tain Kirk ! coordonnées vecteur 3 monsieur Spoke ! Y faisait des mimiques avec sa bouche à chaque fois qu'une de mes notes l'atteignait ! on aurait dit que je lui jetais des petits gravillons sur la figure ! quintessence de la matérialisation du son ! Alors on s'est revu, de plus en plus souvent. Des fois, quand je finissais de jouer dans un caf'conç', au centre ville, je passais boire un coup avec lui, tard, quand il était peinard et c'est comme ça qu'on est devenu potes. Mais attention, te méprends pas, ça s'est pas fait sans heurts, pas comme dans la collection Arlequin ou dans la p'tite maison dans la prairie ! non non ! On avait des caractères de chiotte tous les deux ! enfin, disons qu'on avait notre fierté… des egos un peu gras parfois… Alors, un jour qu'y m'avait balancé sèchement son handicap dans la tronche, on s'est pris la tête. Á l'époque, j'étais impétueux… un ou deux… mmmmwwwwahaha !!!! 1 pétueux ou 2 ! mort de rire ! ouais, je sais, c'est nul… mais bon, je te disais qu'on s'était un peu pris le chignon et moi, je lui avais répondu que si c'était pour m'emmerder avec son handicap à chaque fois qu'on était pas d'accord, c'était pas la peine ! que son handicap, c'était pas un joker qu'y pouvait abattre dès que ça tournait vinaigre, que je voulais bien être pote avec l'Affreux, comme il était, mais que la relation handicapé/valide ça me branchait pas ! voilà ! et si t'es pas joy, ben c'est kif kif ! que j'ai éructé en tenant la porte. Bon, c'est un peu raide, pas trop réfléchi et pas trop diplomate, je te l'accorde, mais de ce jour, on a eu des vraies relations de pote et le handicap, il a disparu ! enfin, sauf pour le côté pratique mais là, c'est autre chose, faut pas tout confondre. D'ailleurs, y m'a expliqué Valentin Haüy, le Braille et tout ça... vachement dur de percevoir ces petites pointes avec le bout des doigts ! Tu vois, y'a deux colonnes verticales de trois emplacements, ça fait six emplacements possibles, et selon les pointes qu'on a mis sur certains emplacements, ça fait une lettre... pas trop dur à piger mais foutrement dur à sentir... Y m'a aussi montré comment y faisait pour se remplir un verre sans que ça déborde, et ça, y savait faire, tout simple, y suffit de mettre un doigt dedans ! De toute façon, on se met jamais assez dans la peau de l'autre... pas forcément qu'on veut pas mais on y pense pas… ou on a un peu peur… la différence, quelle qu'elle soit, ça fout toujours un peu le trac…

*

L'Affreux, y me demandait souvent de lui raconter les soirées avec Juan et Pep, qu'est-ce qu'on jouait comme morceaux, comment étaient les gens… « et les meufs, y'en avait des belles ? tu t'es fait brancher ? t'as niqué ? » Y se tenait accroupis contre son lit, y baissait un peu la tête comme pour orienter ses oreilles et il écoutait tout attentif, y vivait le dehors, y revivait un peu son histoire… Alors un jour que j'étais un peu speed, un jour normal quoi, je lui ai dit que son histoire de pas sortir de chez lui s'était de la connerie, de la couille en barre, que s'il avait vraiment encore envie de jouer, comme il le radotait, et ben qu'il avait qu'à bouger son cul !
- Putain, c'est pas compliqué, t'appelles un taxi et tu te fais déposer devant le Croco ! (mon fief à l'époque) Merde, tu peux bien faire ça quand

même ! Pis en plus, tu viendras faire le bœuf, promis !

- T'es sérieux ?

- Ben ouais, si j'te l'dis !

- Non, allez, tu déconnes, sans répéter sans rien ???

- Ben ouais, on fait ça tous les soirs avec des mecs qu'on connaît même pas !

- Non, allez ???

- Ben si j'te l'dis !

- Ouais… mais on va jouer quoi ?

- Sais pas… un blues, un truc dans l'genre, on verra…

- Ouais…bof… j'sais pas… j'verrai…

Et ch'uis parti monter mon matos sans trop savoir si y viendrait… je pensais plutôt que non…

*

On était en train de jouer Long Train Running quand le taxi s'est arrêté devant le Croco. De la salle, on voyait bien ce qui se passait dehors à travers de la grande vitre, et vice versa d'ailleurs… mais l'Affreux, y voyait pas... grand saut dans l'inconnu... Les gens, dans la salle, y-z-ont vu de suite qu'on mattait en direction de l'entrée et là, focalisation des regards ! Un mec en blouson de cuir blanc, visiblement pas voyant mais bien voyant, avec des lunettes noire de star, chevelure Led Zep et joncaille... t'aurais vu la dégaine ! Alors petite agitation, curiosité, interrogations, magistrale qu'elle a été son entrée à l'Affreux ! Et là, j'ai enquillé direct, c'est ça aussi le métier, mettre à profit les événements. « Il nous arrive tout droit de Los Angeles ! il a joué avec les plus grands ! Hier soir encore, il jouait avec Tina Turner ! je vous demande d'applaudir bien fort... Mister ! Mister !... » Et les gens, y-z-adorent ce genre de surprise, alors ils lui ont fait une ovation comme ça, juste sur son look et sur la foi de mes conneries. Puis un mec l'a accompagné jusqu'à la petite scène, on a branché sa gratte et on a joué. Pour l'occase, il avait picolé gentil et il était tout à son art. Il a pris sa grosse voix rocailleuse et bien chaude, celle qu'on prend à la Nouvelle Orléans, et il a balancé toutes ses tripes dans la salle pendant que le Juan lui tissait des dissonances dans le feutre de l'orgue Hammond. Ah ! fallait voir ça ! et surtout entendre ! médusés les gens devant ! scotchés par cette grosse avalanche de feeling ! On dit que le blues c'est la tristesse mais là, je te jure, c'était bien tangible, triple portion de mélancolie ! pas loin les larmes ! Puis, Pep a fait valser les baguettes sur les toms, ra ta toum toum ta, et on t'a fait une de ces interminables fin chaotique sous une tornade d'applaudissements ! Y'avait comme une aura autour de l'Affreux à ce moment, fugace instant de bonheur, vivre, vivre… les gens, nous, l'Affreux…

*

Quand il a rencontré la p'tite jeunette, métamorphose ! miracle de l'amour ! suprême régénérescence ! des sapes toutes neuves, la tignasse alignée au cordeau, grosse parenthèse dans la picole, des projets plein la tête, beau comme un camion neuf l'Affreux ! (débile cette expression) On a tous pensé qu'il avait trouvé son île, qu'il allait poser son barda, pour de bon. Mais… dame fortune est parfois bien versatile… Y'a eu ce jour de l'An de merde, trop d'alcools, trop de fumées, trop de tout… un con qu'a branché la jeunette… l'Affreux qu'a pété un câble… un coup de couteau… et retour à l'antre, au quartier, à la picole… mais avec le blues en plus… un gros blues bien dur… le truc qui sape, qui mine, qui épuise… Alors, la tumeur salope qui dormait dans sa tronche depuis des lustres, elle a repointé sa sale gueule… le pif qui coule… du sang… beaucoup de sang… L'Affreux, y m'a appelé un soir pour me parler mais tout bizarre, des trucs sur la vie mais surtout, sur la mort… Et moi, le gros con qu'a rien entrave à tout ça, je lui dis : mais qu'est-ce que tu dégoises ??!! arrête tes conneries ! t'es malade OK mais t'es encore là, y vont te soigner ! tu vas pas flipper comme un merdeux pour deux gouttes de sang qu'ont pissé de ton tarin merde ! Enfin, je te zappe toutes les conneries moralisantes que je lui ai débitées mais j'étais à côté de la plaque complet… mais alors là, tout faux !!! Á se demander lequel des deux qu'était le plus aveugle…

*

Quand ch'uis arrivé au cimetière ce jour tout gris, un peu à la bourre pasque j'avais joué la veille, y'avait du peuple autour de l'ultime boîte, plein de gens bien tristes. Y'en a un qui m'a tendu une guitare… Non non ! j'veux pas ! Les autres qui m'ont dit « joue ! » Tu parles que j'avais envie de faire mon numéro… non ! non ! mais les autres y-z-ont encore dit « joue ! » Ben non quoi ! Pis la maman est arrivée et m'a dit « jouez s'il vous plait », alors, j'ai joué.

La Suisse

Firth or fifth à fond dans la bagnole, bien calé entre la grosse caisse et le fly du synthé, un p'tit pétard pour laisser redescendre la fatigue, les éclats de lune qui parsèment la route givrée, des Alpes de partout, comme s'il en pleuvait, un véritable concours de Miss montagne où chacune paraît revêtir ses plus beaux atours pour parader sur le ciel, des cimes, encore des cimes, arrogance, quand tu nous tiens… On rentre de Suisse. Pour une fois, on a pas parlé politique et c'est tant mieux, pasqu'on s'embrouille souvent sur le sujet, t'imagines un peu, s'engueuler pendant 200 bornes… alors qu'en plus, sur le fond, on est plutôt d'accord en général… mais de toute façon, ce soir, j'ai plus de voix, aphone le gaillard, alors je laisse Genesis me remuer doucement les tripes avec le sentiment de communier précisément avec mes deux acolytes, le Pep qui conduit tout en prudence (y flippe de la neige) et le Juan qui se perd dans sa tête… Là, c'est comme sur scène, pas un mot mais tout est dit, au micropoil qu'on se comprend, la guitare de Steve Hackett, d'abord toute timide, commence à miauler, puis prend de l'assurance la garce, voilà qu'elle crie maintenant ! qu'elle invective dans les médiums ! qu'elle hurle toute sa peine en pluie d'aigus déchirants ! Trop bon ! trop fort ! presque orgasmique... Bref, on rentre de Suisse et la route est encore joliment rude, surtout qu'on est crevé parce qu'on leur à tout donné aux p'tits Suisses (nul mais j'aime bien), du son et de l'émotion, trempé qu'il était Pep à la fin du solo de batterie ! hagards les yeux du Juan dans l'onde chaude des applaudissements ! Sentiment de plénitude, comme après une bonne partie de jambe en l'air avec madame de ton cœur, tout calme, tout serein.

Virage à droite après Martigny, on attaque la montée du col de la Forclaz, ça dégouline de virages ici, comme chez nous, pas de ligne droite en montagne. Les flancs de nos belles alpines se resserrent peu à peu autour de la bagnole surchargée et le moteur transpire résigné sur la pente. On est tout cool et on se laisse bercer par les câlins des tournants, un coup à gauche, puis à droite, encore à gauche… Putain ! c'était quoi ce truc ??? De quoi mon Juan ??? t'as pas vu ??? t'as vu toi Pep ??? hein ? qu'y s'époumone le Juan. Putain ! merde, c'est quoi cette connerie ? qu'y s'inquiète le Pep ! et moi, je vois rien ! ch'uis derrière ! bordel ! vous avez vu quoi ??? Merde, et v'là que le moteur se met en grève ! Vous avez vu quoi bordel ? que je gueule ! Sais pas, un truc qu'est tombé sur la route ! là-bas devant ! regarde ! y'a plein d'lumière ! comme du feu ! merde, c'est quoi cette connerie ??? On est pas trop cagueur tous les trois mais là, j'te jure, on commence à flipper sérieux… on sort de la bagnole et on farfouille frénétiquement des mirettes, y'a plein d'lumière derrière le virage, une grosse tache de photons en rut qui troue la nuit, merde, c'est quoi cette connerie ? On s'avance tout doux jusqu'au virage et les pas rétrécissent peu à peu... les palpitants tempo 120, crescendo... Tain ! c'est quoi ce truc ??? Y'a encore une grosse roche noire qui cache le dos inquiétant du virage... trois pas... et vlan ! pétrifié qu'on reste ! tétanisés les lascars ! on bouge plus une oreille ! Y'a un énorme truc cylindrique et flashant affalé sur la route ! c'est monstrueux et ça pète de lumière ! merde ! merde ! c'est quoi cette connerie ??? on peut même plus bouger ! on est englué par la foutue illumination comme des moucherons dans du miel !!! le Pep est vert ! le Juan tout gris ! et moi je me vois pas mais ça doit être fendard ! Tain ! ça bouge sur le festival lumière !!!! comme un sabord qui s'ouvre dans le flanc du déferlement de clarté ! Angoisse ! merde ! merde ! c'est quoi cette connerie ???

MAIS NON ! JE DECONNE ! mort de rire, c'est du pipeau ! t'y crois encore, toi, aux petits hommes verts ??!! On rentre de Suisse tout simplement, mais de nuit, pasqu'en fait, on s'est fait jeter de l'hôtel.

Tout ça pasqu'on a fait un peu de bruit en remontant vers la piaule à 4 heures du mat ; faut dire que trois mecs bourrés qui montent dare-dare, une rafale de santiags sur le marbre immaculé, un cri de guerre pour la bataille de polochon… Ça fait beaucoup pour notre helvète de tavernier… Alors, hop ! dehors ! le taulier il a pas supporté, écroulé de rire, il en était tout abasourdi le bonhomme ! déchiré entre consternation abyssale et stupeur révoltée ! alors hop ! dehors ! Un grand coup de rock dans l'insondable quiétude valaisanne !

Droit de réponse

Il a récidivé le bougre ! l'impudent paltoquet ! le vermisseau apostat ! Il a osé ! en dépit de ma charitable admonestation ! de mon vertueux tancement ! de mon altruiste diatribe !

Pardonnez, ô Dieux de la plume et du calame, cette offense sans nom aux élémentaires principes de la syntaxe et de la grammaire, cet immonde fatras où pullulent, arrogants, anacoluthes, solécismes et barbarismes, paroxysme éhonté de l'incontinence verbale ! Que n'est-il encore quelque Grégoire IX pour me dépêcher sur le lieu de cette hérésie, je saurai bien faire rendre gorge à ce logocide, le faire abjurer sa vilénie, anéantir ses remugles endémiques ! Ô très sainte Etymone, en ton nom mille fois béni, je poursuivrai inlassable toute velléité écrivaillonne, je pourfendrai la canaille scribouilleuse, j'éradiquerai les suppôts de la dégénérescence phrastique ! Je deviendrai l'inaltérable héraut de la noble plume ! S'ensuivra alors le règne rédempteur de la logocratie, terminée la polysémie oiseuse ! finie la vaniteuse idiosyncrasie, aux gémonies les fourbes rodomontades argotiques ! L'on bénira enfin l'absolu triomphateur des délétères miasmes patoisants, l'on oindra l'auguste pourfendeur de la turpitude vernaculaire, l'on se prosternera devant le chantre du nouvel ordre verbal et l'on acclamera pour l'éternité l'immanence de Neymard ! Neymard ! Neymard ! Neymard ! Neymard !

Jean Neymard

Mots et maux

Part III

Correspondance à la jolie doudou

Le 23, lendemain enchanteur,

Ah… ça fait tout drôle… ça fait longtemps que j'avais pas vécu ça… ouais ma jolie B ! parfaitement ! réveil enchanteur et toujours un peu inquiétant de sensations que je désespérais d'éprouver à nouveau… de ces trucs incroyables qui allongent l'horizon et donne de bien séduisantes perspectives à la vie… Oui ma belle, j'ai dévoré et savouré chacun des instants que tu m'as offert… vibré à tes regards, aimé tes rires et tes frissons… prégnante impression de facilité, de naturel, d'évidence… pas compliqué de passer un week-end avec Mademoiselle B. non, vraiment pas… et surtout, bien envie d'en passer d'autres…

Le 24, soleil, douceur et bourgeons,

De grosses bulles de mélancolie un peu âpres me remontaient de l'estomac dès que ma pensée s'aventurait vers ma jolie doudou... ploc ploc ploc faisaient ces foutues bulles en éclatant à la surface de mon âme un peu douloureuse... la furtive brillance d'un œil, une animale molécule odoriférante, un gémissement de plaisir arraché... chaque instant passé en sa compagnie me paraissait imprégné des senteurs du divin... alors blindage maximum de l'âme, refouler ! refouler ces tornades de sentiments diffus qui affluaient sans vergogne ! fermer les orifices vulnérables de l'esprit, la raison, ouais, la raison ! implacable gardien des portes du sentiment... pis merde, le vécu quoi ! Je les connaissais par cœurs ces tocades imbéciles du palpitant, je savais parfaitement comment gérer tout ce fatras merdique, n'avais-je pas moult fois dominé… mais cette petite doudou, elle m'avait sacrément secoué quand même…

Le 25, du gris au loin…

Là où semblait régner le verbe et l'imbrication s'impose peu à peu un foutu silence… terrible contraste… je revois encore nos mains enragées, nos coups de dents frénétiques, nos furieux entrelacements, cette danse incontrôlée qui, d'immuable manière, précède l'acte d'amour… amour… et là, maintenant, *hic et nunc* comme disent les savants et les pédants, ne subsistent tout juste que quelques mots terribles de banalité, de minuscules échanges pour la forme… pour ne pas rompre le lien trop sèchement… ou pour préserver… qui d'ailleurs… la sensibilité du pauvre Luc ou la morale de la jolie doudou ? En tout cas, je l'aime pas, mais pas du tout, ce passage du torride à l'insipide ! Je veux du fort, du piquant, de l'éclatant, du vibrant, un irrésistible crescendo amoureux et surtout pas de ce truc ramollo et fade… oh merde !

Le 26, persistance d'un climat orageux...

La nature verdit de jour en jour alors que mon âme se teinte de pesante grisaille... pas que mon âme d'ailleurs, aujourd'hui, le ciel vomit sa toute fureur et ses paquets rageurs ressemblent fort à ceux qui se déchaînent en moi pour peu que ma pensée s'égard vers ma B. jolie... ZZZAM !!! tonnerre ! éclair ! elle m'envoyé un petit message ! J'occupe ses pensées dit la doudou jolie... alors tu parles, ça fait comme une minuscule éclaircie dans mon merdier météo-sentimental... ça ranime la fournaise... comme mue par quelque mystérieux automatisme, ma tête retourne à l'aube de ses cuisses, mes lèvres contres les siennes... ma langue au creux d'elle...ne pas penser... ne pas penser... puis en plus, elle va partir... deux ou trois semaines... je sais même pas quand... ne pas penser... merde...

Le 27, giboulées violentes et timides éclaircies...

Un truc de dingue ! la neige est tombée pas loin et nos belles montagnes reprennent leur solennité hivernale… comme mes relations avec ma jolie doudou… ouais… quoique… dans son dernier message, elle s'inquiète, elle dit qu'elle a la trouille… comme si je le savais pas ! ça crève les yeux ! même que d'avoir la trouille comme ça, ça révèle quand même des choses… non ? T'en connais beaucoup des gens qui s'emmerdent à avoir peur d'une relation sans éprouver quoi que ce soit ?! et tu crois que j'ai pas la trouille moi hein ?! le roi de l'hésitation, le King du « je t'aime moi non plus » ! Faut que j'essaie de contrôler… ne pas penser que j'aimerais la serrer très fort, lui murmurer des tas de truc à l'oreille, passer inlassablement mes doigts dans ses cheveux, apprivoiser son piercing qui me fout l'trac, mélanger tendrement mes pensées aux siennes, regarder l'horizon comme un truc magnifique où l'on fonce éperdu main dans la main… non, faut que j'contrôle… en plus, elle part dimanche… faut pas que je pense… putain…

Le 28, encore une bonne douche écossaise,

À l'image du ciel, j'alterne entre violentes noirceurs et brèves éclaircies lumineuses... B. part ce matin... elle m'a envoyé deux ou trois SMS très protecteurs auxquels je n'ai répondu qu'avec froideur... comment se lâcher quand la belle égérie est si volatile ?! D'ailleurs, je sens bien que mon attitude réfrigérante la trouble un tantinet cette doudou jolie... mais je ne sais que trop qu'elle l'arrange dans un même temps... plus facile de larguer les amarres quand le bateau s'éloigne... le pire, dans ce gourbis merdique, c'est que du coup, là où je voudrais tant la saisir fort, l'entourer complètement, lui prodiguer mille caresses, âme et corps indistinctement, je ne puis qu'afficher froideur et détachement... putain de fierté... mais instinct de survie aussi... alors le R R... oui, le hère erre ! mwahahahah !!! J'ai parsemé son petit corps doré de minuscules graines d'amour... il suffirait que l'une

germe… non ! non ! pas d'espoir ! doudou partie !
oublier… oublier… pourtant…

Lettre prénatale à MA fille,

Espérée ! désirée ! attendue ! bienvenue ! ouais, c'est comme ça que t'aurais pu t'appeler mon encore minuscule trésor ! mon petit bout ! ma toute petite fille à moi, mon petit messie perso ! Aaaaaah !!! te dire que je t'ai attendue est sans conteste le pire euphémisme qui ait pu sortir de ma parfois trop grande gueule !!! ouais ma chérie d'amour infini, je t'ai voulue du tréfonds de mon âme… même si l'âme… Bref, je t'ai voulue sans condition, sans contrepartie, sans rien vouloir d'autre, sans fanfreluche ni artifice, sans dogme et sans foi, non, je t'ai voulue comme on désire la vie, rien de plus mais surtout, rien de moins !!! Ouais ma chérie encore si petite et si irréelle… déjà si présente et parfois si intangible… Tu sais, et là ça sent déjà le poncif à plein nez mais m'en fous, c'est vachement bizarre, pour le futur père, un gosse qui s'annonce… très lointain, abstrait, presque exclusivement

121

mental… et ce, même si la future maman t'en parle de tous ses mots, de tous ces maux et de tout son corps… alors je te dis pas la première écho !!! tu vois pour la toute première fois l'objet du délit !!! et binnnnng ! t'en prends un premier grand coup derrière les oreilles ! whooooputain !!! ce tout petit petit palpitant qui tiquetaque déjà ! oh putain again ! regarde Patounette, l'arrête d'un petit nez, cinq doigts… merde ! tu me diras, je vois pas très bien l'arrête de quoi d'autre, pas plus qu'une quinzaine de doigts, mais voila, on gagatise déjà… et avec plaisir de surcroît ! Alors, doucement, à petit pas, tout ça prend forme, s'enracine dans ton habitus mais ça demeure quand même vachement intellectuel… pour le father du moins pasque t'imagines bien que la Patounette, elle te mature déjà depuis des mois, alors bien sûr qu'elle réalise ! elle est même plus qu'au courant ! Bon, y faut quand même que tu saches que ta super mama et moi on est pas ensemble… ça arrive des fois… mais ne juge pas, on juge presque toujours sur la base de nos propres représentations et c'est souvent une première erreur... En tout cas, la Patounette et moi, on s'entend super bien et surtout, on s'entend sur l'essentiel, on te veut plus que tout ! alors, la morale des cons, tu sais où je me la... hum oui... je m'oublie ma fille, tu as déjà raison ! et ben y-z-ont qu'à pas oublier « que celui qui n'a jamais pêché me jette la première caillasse » hein !!! non mais !

Puis, par soubresaut, y'a de nouveaux trucs qui te ramène sur terre, ben tiens, hier, j'ai senti ton petit corps bouger à travers du ventre tout bombé de vie de ta maman... whaooouuuu !!! oh putaiiiin !!! le truc de ouf !!! la maxisuperméga émotion qui tue !!! tu te rends compte, trois semaines que la Patounette elle me disait te sentir lui donner de petits coups gracieux et complices, pendant que moi, le gros relou de service, je sentais tristement rien... mais alors nibe ! pas même un frémissement homéopathique du tabernacle maternel, la dèche totale, trop la loose comme on dit en ce moment… et là, d'un coup, alors que stupidement je te parlais au travers des rotondités magiques de la bedaine maternelle, comme si tu pouvais déjà comprendre les conneries que débite ton père hein !? et ben là, à ce moment culminant de ma bêtise paternelle et néanmoins assumée, et ben là, t'as bougé ma chérie !!! ouais !!! t'as donné un petit coup tout doux et pis un autre encore ! wooonondedieux !!! la sensation… je te dis pas, conclusion éminemment syllogistique et définitivement hâtive : elle m'a compris ma fille !!! elle communique déjà avec moi outre-ventre… magiiiiique !!! Mais tu vois, même si t'es pas complètement dupe de tes propres boniments éhontés de futur père, ces grands moments d'imperceptibles mouvements te radicellisent la gamberge… ouais ma fille, je sais que ça se dit pas ! mais j'y aime bien comme ça… mais si tu préfères, je peux aussi dire que ces moments pétris de tendresse t'ancrent de plus

prégnante manière dans la sphère du réel... voila !
Ben d'ailleurs, c'est comme la première échographie
en question ! kif kif ! ça te sort d'un coup de toutes
tes pauvres gamberges de lascar, allez fatttz ! paf !
comme ça, d'un coup, t'arrêtes de penser que peut-
être tu devrais, que peut-être ci, que peut-être là,
nooooon ! là c'est *hic et nunc*, c'est ! ouais, le verbe
« être » il a une certaine magie... ou une magie
certaine... c'est pas tout le monde qui en a un, y'a
des langues où y'en a pas, enfin, pas pareil... donc,
là, tu vois « c'est » ! Bon, autant de le dire de suite
ma petite Jade, je vais allègrement sur ma quarante-
septième année et, en dépit de mon optimisme
forcené et vital, je commençais à trouver le temps
sacrément long, culminance euphémistique pour te
signifier l'insidieux désespoir qui mainte fois m'a
rongé l'âme... tous ces glacials moments où tu
penses qu'il est trop tard... que jamais tu ne
connaîtras le principe fondateur de la vie, que la
chaîne consubstantielle se brisera avec toi... surtout

que, agnostique comme je le suis, les caresses sirupeuses du religieux m'insupportent alors, ne pas donner vie m'apparaissait proprement insupportable… et encore, je te cause même pas des gentilles pressions lourdingues que la bien-pensante société exerce pédagogiquement sur toi… Et pis, y'a eu ce drôle de jour… ouais, un peu pété qu'il était ton vieux… la gratte en main à faire à faire fumer un p'tit Red Hot, un Santana ou un bon Police avec le pote Marquévitch… pis là, je vois que la Patounette elle a appelé… tiens… et c'est comme ça que j'ai su… et ben tu vois, passé les premiers instants de totale déstabilisation, ça n'a fait que crescender… ouais ! je sais ma petite gazelle d'amour, ça existe pas le verbe crescender mais pour un ex-musicos, c'est ce qui dépeint le mieux cette indéfinissable sensation de croissante prise de conscience, chaque jour, ton univers encore confiné s'imbrique un peu plus au mien, tes questions deviennent miennes et sont autant de réponses à mon trouble existentiel. Et voila que je m'arrête à une boutique de sape pour môme, grande première, vu que c'est pas du tout mon truc le chopaing, et va-z-y que je t'habille de cette chouette petite robe, que je te trouve délicieuse avec ces p'tits souliers, que je commence déjà à trouver que ces empafés de commerçants y nous allument comme des rats, tant de fric pour si peu de tissu... mais m'en fous, rien n'est trop classe pour ma fille à moi !!! enfin, tu vois, je commence à projeter, à t'expliquer que la vie... heu l'amour... que le politique... heu... merde ! t'es pas encore arrivée que déjà ton père le lourdingue t'agonit de ses pauvres gamberges sur le monde...

Bon, encore deux interminables mois à t'attendre...

Ainsi se boucle la boucle puisque je la boucle !

Tu te rappelles, mon vaillant lecteur, ces premiers mots un peu hésitants où je te disais sans ambages mon trouble et ma confusion hein ? cette lointaine et parfois sombre époque d'incertitude existentielle auréolée de son cortège de teufs endiablées, saupoudrée de voyages initiatiques où je m'en allais à l'aube euphorique de nuits crapuleuses, vers d'autres butinages improbables... Et ben là, maintenant, tu vois, doudou est là, « ma-fille-à-moi », ouais, je sais, c'est un peu redondant comme surnom mais j'y aime bien comme on dit par chez moi ! Et ben, tu vas me trouver infini de niaiserie, courageuse victime de ma prose, mais tout ça, ça te tank un bonhomme hein ?! et, pas à pas, je sens de nouvelles radicelles d'humanité qui poussent et m'arriment au sol... suprêmes raisons d'être... Et là, je t'entends déjà : « rangé des voitures le Lucky, fané le gratouilleur flamboyant, stratifié le prétentieux chevaucheur de ces dames, momifié le rebelle anarcho-humano-agnostico-gauchisant » ! Et ben non et cent fois non et que nenni mon pote ! toujours avide de vie le keum, et plus que jamais partant pour une bonne grosse bringue avec les potes, un échange de notes endiablé avec quelques furieux musicos aux accents hendrixéens ou une de ces folles nuits où l'on ne dort guère, où les corps s'enchevêtrent d'extatiques ballets en chevauchées intrépides, où femmes et hommes sortent du temps et de la raison pour s'abîmer pantelants dans la moite torpeur de la quiétude amoureuse... ben ouais, mon pote, toujours partant le Lucky, et même plus que partant ! mais t'as raison mon bon lecteur, la différence c'est que le matin, parfois tôt, quelques fois trop tôt, il y a cette petite voix à la prosodie encore mal ajustée qui me dit : « papaaa, moi je veux faire piipiiii » ! et là, tu redescends illico de ta foutue planète Narcisse pour te rendre à cet ordre impérieux, pour t'inscrire dans le temps de l'espèce, dans cette continuité de la vie dont fait partie la mort, ultime pied de nez à la raison, culminance de la double-contrainte, suprême paradoxe de la vie... et pis tu vois, et là c'est l'agnostique qui parle, comme y'a belle lurette que je crois plus à la survie de l'âme après la mort, quintessence de l'anthropocentrisme, c'est plus dur à concevoir tout ça... c'était plus facile quand j'parlais à dieu... et si mon pote, première et deuxième communion pour te servir ! j'me rappelle que j'ai prié comme un barge tout un été pour pas avoir monsieur C. comme instit en CE2... et ben devine ?! allez, j'te l'donne en mille ! ben ouais, j'ai eu monsieur C !!! « les volontés du Très-Haut sont impénétrables » te répondront en chœur la thora, la bible et le coran à quelques mots près, bien pratique hein ? cent pour cent de réussite, si ça marche, c'est grâce à dieu et si ça marche pas, sa volonté est impénétrable, un peu trop facile ! Ceci dit, j'ai découvert, y'a peu d'temps, que j'pensais comme Musset à ce propos, ouais, y se demandait pourquoi la vie voulait pas mourir, et moi, j'me demande bien souvent pourquoi elle a cette impétueuses et systématique envie de vivre… ah si ! tu laisses traîner trois pauv'molécules dans un endroit aussi improbable que l'fond noir et glacial de l'océan et paffff !!! t'as d'la vie qu'apparaît ! si si, et vu la taille et le nombre d'endroits improbables dont regorge ce foutu univers, y'a bien qu'une espèce aussi prétentieuse que la nôtre pour s'croire unique… penser que le soleil tourne autour de la terre… putain d'anthropocentrisme ! Ceci dit, du coup, j'ai pas d'réponse… la survie de l'âme après la mort m'apparait toujours comme une suprême vanité de l'Homme mais pourquoi cet acharnement de la vie à vouloir perdurer à tout prix… mystère…

Tu vois, ch'uis parti d'moi pour arriver à l'espèce, à mon espèce, à ton espèce, à notre espèce… sorte de boucle que je boucle puisqu'enfin, je la boucle !

© 2016, Luc Biichlé
Edition : BoD - Books on Demand
12/14 rond-point des Champs Elysées, 75008 Paris
Impression : Books on Demand GmbH, Norderstedt, Allemagne
ISBN : 9782322132447
Dépôt légal : Décembre 2016